汤姆·斯威夫特和加速飞船

【英】维克多·阿普尔顿Ⅱ 文
燕锐锋 等图
刘庆双 等译

江西·南昌
江西科学技术出版社

图书在版编目（CIP）数据

汤姆·斯威夫特和加速飞船 / (英) 维克多·阿普尔顿Ⅱ文；燕锐锋等图；刘庆双等译. -- 南昌：江西科学技术出版社, 2018.3（2024.1重印）
（汤姆·斯威夫特丛书）
ISBN 978-7-5390-5871-9

Ⅰ.①汤… Ⅱ.①维… ②燕… ③刘… Ⅲ.①儿童故事-英国-现代 Ⅳ.①I561.85

中国版本图书馆CIP数据核字(2017)第046804号

国际互联网(Internet)地址：http://www.jxkjcbs.com
选题序号：KX2016060
责任编辑：郭绪书
特约编辑：龙轲轲

汤姆·斯威夫特和加速飞船
TANGMU SIWEIFUTE HE JIASU FEICHUAN
〔英〕维克多·阿普尔顿Ⅱ 文；燕锐锋 等图；刘庆双 等译

出版发行	江西科学技术出版社
社址	南昌市蓼洲街2号附1号 邮编：330009 电话：（0791）86623491 86639342（传真）
印刷	三河市嵩川印刷有限公司
经销	各地新华书店
开本	700mm×1000mm 1/16
字数	114千字
印张	11
版次	2018年3月第1版 2024年1月第2次印刷
书号	ISBN 978-7-5390-5871-9
定价	39.00元

赣版权登字-03-2017-46

前言 QIANYAN

人总是离不开阅读，特别是在现代化信息时代，阅读无疑更是我们难求的一片宁静港湾，让我们有机会去感受、去体悟、去反思、去认证我们的这个世界和未来的世界。

科幻小说是一种起源于近代西方的文学体裁，在尊重科学结论的基础上进行合理设想后形成的文学作品，具备“逻辑自洽”“科学元素”“人文思考”三个要素。科幻小说与一般的传统小说不同，其特殊性在于它与科学技术的发展有着直接的联系，能让读者间接了解到科学原理。但它又是一种文艺创作，它扎根于社会现实，反映社会现实中的矛盾和问题，在科学技术发展的方向上，提供若干有参考价值的预见。有时，某些科学发明尚未出现，科幻小说里则已经进行生动的描绘，如潜水艇、机器人和宇宙航行等。

著名文学评论家布哈伊·哈桑曾说，科幻小说可能在哲学上是天真的，在道德上是简单的，在美学上是有些主观的，或粗糙的，但就它最好的方面而言，它似乎触及了人类集体梦想的神经中枢，解放出我们人类这具机器中深藏的某些幻想。

阅读科幻小说至少让我们有如下的感受：

一、文学的轻松愉悦

科幻小说的主题非常明显，它会涉及“未来”和“未知”、“科学”和“规律”、“生命”和“文明”、“生存”和“冒险”等等，每一本科幻小说都是一个全新的世界，每一次阅读都是一段全新、充满惊喜的精神旅程。

二、科学与严谨的想象

爱因斯坦说过，想象力比知识更重要，因为知识是有限的，而想象力概括着世界上的一切，推动着进步，并且是知识进化的源泉。通过阅读科幻小说，感悟其中的想象力，在人文、哲理的思索上，在思想道德意识的增强上所起到的作用是潜移默化的、是发散性的，其威力是不可估量的。

三、引发科学与理性的思考

科幻小说中的“科学方法”是一种有系统地寻求知识的程序，涉及“问题的认知与表述”“观察与实验搜集证据”“假说的构成与测试”。简单地说就是一个科学理论要经过观察、解释、预测、确认、评估、发表的程序，才能从一个假设发展成原理。科幻小说的“理性思考”就是遵从客观规律、进行逻辑分析的思考方式。

《汤姆·斯威夫特》系列曾是国外流行的科普小说，书中很多的科幻内容今天都已经变成了现实，它曾影响了几代读者，它伴随了很多人的成长。现以中文出版此书，相信书中的情节与科学，也会给中国读者带来同样的快乐体验。

目录 MULU

第一章 致命电波

“快看那些光！”小汤姆·斯威夫特向他的伙伴巴德·巴克利喊道，“我从来没见过这样明亮的光！”

“我不知道在白天也能看到北极光。”巴德也对此感到惊异。

这里是挪威海的最北部，尽管已是八月下旬的午夜时分，天色却并不昏暗。

这两个十八岁的男孩，当时正驾驶着一架小型喷气式飞机，越过寒冷又神秘的水域。在这样阴冷的高纬度区域，极光是很常见的，但他们当时看到的却很不一般，非常壮观。

亮光像绸带一样在天空中翻动，仿佛挪威神话中的冰巨人在行动。突然之间，男孩们乘坐的航空器开始抖动，就像神话中的雷神托尔在用锤子击打它一样！

“汤姆！”巴德大喊，“我们的导航器失控了！怎么回事？”

“我不知道！”年轻的发明家回答，同时手忙脚乱地操作着一个个转盘，“是强大的气流，但是——”

汤姆刚说到一半就停了，因为飞机突然强烈地震了一下，倾斜着向下飞去，划出长长的弧度，撞向一座巨大冰山的顶部。

“哦，天哪！”巴德喃喃自语道，“这就像单程的过山车！我猜是自动稳定器出问题了。”

“X光！”汤姆大喊，“唯一的机会来了！抓住控制器，巴德！”

汤姆迅速地穿过舱门，找到了一台外观前卫的奇怪设备，一半是枪，一半是望远镜，他按下一侧的发射按钮。枪口射出了无形的辐射电波，使该机器发出了低沉的嗡嗡声，就像电子设备一样。

汤姆发射的射线光束切过了冰山的顶部，这时的冰山已经隐约可见。紧接着，这架小飞机的前部撞上了冰山的尖顶，把它撞掉了，冰块四溅。巴德紧紧抓着方向盘，飞机掠过冰山经过切割而变平滑的顶部，虽然有所损坏，却是安全的。

“哇！”巴德大叫，“X光起作用了！”

汤姆点了点头，说：“实验成功了，也救了我们的命。”

汤姆赶快操纵控制器向南飞行，远离了奇怪的湍流区。在这段时间里，控制器逐渐恢复了正常。

“X光直接切过了如此坚硬的冰块，就像切黄油一样，”汤姆深色头发、身体强健的伙伴说道，“有它不能穿过的东

西吗？”

“据我猜测是没有，”这个年轻的发明家回答，“它甚至能切开托马塞特——爸爸发明的超塑材料——以及原子裂变体，迄今为止发现的最棒的金属合金。很难想象会有比这两个更坚硬的东西。”

巴德有点迷糊，问：“如果X光能发射出那样的电波，你怎么保证这东西不会把自己熔了呢？”

“这个嘛，X光其实就是激光的延伸，只不过频率更快，”汤姆回答道，又接着这句话解释起来。“激光使某些特定的材料能够发出的可见光比已植入的要更多。更重要的是，当波形被发射出来的时候，都是排列好位置的，而不是随机的。因此紧凑的电波可以传递很多的能量。”

“一种和谐的振动。”巴德说。

汤姆笑了笑，说：“差不多是这样。X光与X射线做的事情是相同的，只不过任何时候都比光射线的能量多得多。事实上，X光除了切割冰山外，还有其他的作用。而且——”

巴德插嘴道：“这是我最感兴趣的用处，请继续，机长。”

“它不仅能够探测到其他星球表层下很深的地方，以及对物质进行分析，”汤姆解释道，“还包含特殊的摄影装备，能将照片传回地球！”

“但你不是发明了一个类似的工具——远程取样器吗？”巴德问道。

“是的，而且我还将它的一些特点进行了合并。”

巴德带着敬畏听着汤姆继续说下去。“当远程取样器的航空航天模型能够从任何深度或范围收集样本的时候，对样本的分析就可以由一个斯威夫特质谱仪单独完成。X光将这两种操作合为一体。当样本被电波同时带回到我们的航天器和斯威夫特控制中心的时候，它们的成分、温度以及状态都会被自动计算出来。”

“哈？”巴德问道，眉毛因困惑而挤到了一起。

“在X光枪的尾部是一台迷你版的质谱仪，会给我们所有想要的数据。”汤姆回答道。

“你的意思是，你的这个小玩意是一个迷你天才。外观小，但能力大。”巴德笑着说。

“我怕的是，”汤姆说，“它也能成为一件非常危险的武器，一个潜在的致死射线。”他听起来为此有些不安。

“看到它切开了冰山后，我相信这一点，”巴德说，“我们最好确定你的X光不会被坏人弄到手。”

“对，”汤姆回答道，“比如，我可不想它落到C国人的手上。”年轻的发明家指的是斯威夫特家族的长期外敌。

两个男孩一直在飞行，在不同的地带秘密地对X光进行广泛的实验。突然他们遇到了强烈的湍流，差点连小命都送掉。危险解除了，他们便开始研究这场奇怪的湍流是怎么出现的。

“巴德，我们以前遇到过晴天时的湍流，但从来没像刚才的那么严重，”汤姆说，“它使我们遇到晴天湍流时候正常的仪器乱套了。”

“我更弄不懂了，”副驾驶回答，“不过我会尽力找到原因所在。”

“我一直在想刚才的事，”汤姆说，“巴德，那些撞击太强烈了——而且太意外了——几乎可以说是人为的。事实上，我越仔细想，我就越确信这一点。而且只有一种解释，就是巨大的核爆炸。”

“哎呀，哎呀，”巴德着急地说，“这样听起来，我们有麻烦了。”

“可能比你想的还要严重，”汤姆回答道，“极地环境的大规模变化会对全球的气候与天气造成剧烈影响，而这些影响大多数是负面的——比如将平原变为荒地，或将沿海城市淹没！”

巴德眉头皱了起来，说：“太可怕了！我们最好把这次遇到的干扰通知当局。”

“等咱们一回到肖普顿，我就会通知华盛顿方面。”汤姆说。

这个时候，巴德扫了一眼侧面的窗户，“机长，”他打断了汤姆，“那架飞机又在跟着我们——就是已经连续两个晚上观察我们做实验的那架。”他注意到那个神秘的飞行器就在他们飞机下方，距离几米。

“没错，就是那一架。”汤姆表示同意，并调整了一下飞机的角度以便更好地观察。“机头位置的蓝灯让它彻底暴露了，好吧，我们之间的这个游戏已经够久了。让我们试试看能否摆脱它！”

汤姆加大飞机的油门，拉开了两架飞机之间的距离。但这并没持续多久，在后面跟着的飞机不久就又把两者间的距离缩小了。

汤姆有点生气，说：“很明显，我们的能力还不够甩掉它。”突然，他想到了一个主意，“我倒要看看这架飞机的机动性有多好，让我们试试。”

于是，汤姆把他灵敏的小飞机来了个急转弯，希望他们的跟踪者不能迅速地转向，这样他们就可以赢得时间和距离了。

他错了。当他们再次直飞时，后面的蓝灯依然可见。

“不管这个人是谁，他对飞机的操控能力都很强。”巴德这样说，有点泄气。

“我承认这一点，”汤姆回答道，“而且他的飞机也不错。但是他为什么在这里？如果他是想守卫什么东西，又为什么不攻击我们呢？事实上，他和我们的距离一直保持在这个范围。”

“他一定是对我们的X光实验感兴趣。”巴德说。

“有可能，”汤姆承认，“但这对他又有什么好处？我们一直在用无形的电波进行秘密探测，对外并没造成什么爆炸等大场面。但如果他感兴趣的真是这个，那我们就有麻烦了——他一开始究竟是怎么发现X光的？”

“这个人到底是谁，他在为谁工作？”巴德问道，他感到很烦。

汤姆耸了耸肩，说：“我想知道的是，他是否知道我们新的大项目。”

“你说的是加速飞船？”巴德问道。

“还有别的吗？”年轻的发明家回答，“X光项目的泄露是一回事，但如果我们对宇宙飞船进行的实验泄露了，我可以确定，我们的每个敌人都会立刻靠过来。”

“如果你处在他们的位置上，你会这样做吗？”巴德问道，“想象一下！实验室奇才汤姆·斯威夫特，就要乘坐历史上最大、最快的宇宙飞船，在太阳系的所有星球间尽情地遨游了！”

“好啦，我的驾驶员！”汤姆笑着说，“看来我得阻止这个家伙赶在我前面做到这一点。不过说真的，看来肖普顿的安全方面确实有漏洞。”

突然，汤姆驾驶飞机一个俯冲，“坐稳了，巴德！我要加速了，而且会再做一系列的急转弯，看能否甩掉后面的这位朋友。”

小飞机尖啸着冲向冰冷的海面，又突然平飞，并开始进行一系列快速的急转弯。

这一方案起作用了！汤姆看向左侧，他们的跟踪者位于离海很近的地方，并处于危险之中，正竭尽全力要跟上年轻发明家高速又弯曲的航线，汤姆开足马力，带着蓝灯的小飞机消失在后方。

巴德高兴地拍了一下伙伴的后背，说："我觉得，他要找到我们，得用上一会儿时间了。"

"我们再对X光做一次实验，然后就回肖普顿怎么样？"汤姆问道，"这次把它发射到海洋里，看能不能拍到一些深海的照片。"

"同意。"巴德回答。

汤姆走到X光发射枪前，按下了发射按钮。高强度的电波开始发射，设备却突然开始旋转、震动，并变得松散。当它旋转的时候，枪口掠过了机舱，把机舱壁打出了一个个洞。

"快，巴德！"汤姆大喊。"趴在地板上！要是电波扫到我们，我们就完蛋了！"

第二章 疤痕线索

汤姆四肢伸开，趴在机舱的地板上，像个短吻鳄一样，爬向正在旋转的X光发射器。就在电波马上要射到他的一刻，他触到了机器，把开关给关了。

“天哪！”巴德倒吸了一口气。“我差一点就被消灭了！是什么让X光发射器这样震动？都快散掉了。”

汤姆已经在检查这台设备了。“可能是我们在湍流中受到的撞击引起的，”他回答道，头并没有抬起来，“我们从另一颗星球逃走时受到的引力使情况更糟糕了。”

巴德建议他们赶快找个地方降落，他说：“这个东西需要固定，才能安全。”

“也许还需要焊接，”汤姆说，“我们最好对整个飞机做个检查。机舱壁都是洞，而且电波也有可能穿透了一些重要的东西。在我们到达亲爱的老家之前，还得飞越大西洋呢。”

“好的，机长。而且，我也可以找个地方吃顿热乎乎的饭了。”巴德向一旁看了汤姆一眼，“知道我们在哪里吗？”

“我们一直在向南飞，而且天色越来越暗了。经过那些飞行操作，我能给出的最佳回答是，我们距离欧洲大陆的主体已经不远了。”汤姆回答道，“也许不久，我们就能看到诺曼底海岸附近的地区了。”

他们在安静的氛围中飞行了一会儿。然后巴德突然指向了一个地方。

“那有一条海岸线！”他叫道，“如果那不是诺曼底，我就最好回到导航课上。”

汤姆笑了，说：“你要继续上学吗？不过说真的，它看起来确实很像诺曼底。”

不一会儿，汤姆就把飞机降落到了几千米外一座小岛的飞机场上，两个男孩儿仔细地对飞机进行了检查。

“看来没有什么严重的损伤，”最后，汤姆说道，“静压线这里有点轻微的泄露，但我们可以把它修复。看来我们很幸运，X光是可以把任何东西都切成碎片的。”他们开始对泄露进行堵塞，几分钟后就完成了这项工作。

巴德擦着手上的油说：“既然工作完成了，我是否可以去那个我们过来时看到的小村庄，找一家整夜开放的快餐店？”

“当然。”汤姆看了一眼他的手表说，“这里是凌晨两点。我不想把X光机留在这里，无人照看。你给我带回来一份三明治吧。”

汤姆进到飞机里等待，过了一会儿，他看到巴德回来了。

“汤姆，”当他爬到飞机里的时候说，“我觉得我被跟踪了。饭馆不给打包食物，所以你得自己过去一趟。留心一点，在小客栈吃。”

汤姆向小村庄走去，同时谨慎观察着狭窄、冷清的街道，安全到达了饭馆。饱餐一顿后，他开始往飞机场方向走。

突然之间，他感受到了有人在跟踪他，汤姆改变了自己的路线，穿过村庄中的街道，但是那个人依然在跟着他。最终，他决定要对这件事做个明确了结。

汤姆经过了一个教堂，他迅速转入教堂旁边的一条小巷，在那里等着。过了一小会儿，跟踪者出现了。那个男人周身都穿着黑色的衣服，而且还戴着黑色的头巾。

汤姆冲向他，用左胳膊勒住跟踪者的脖子，并把这个人的一只胳膊拧到他的身后，向上举着。

“好了，”汤姆说，“你是谁？你想要什么？”

那个人呼吸困难，但却什么都不说。汤姆再次用法语重复了一遍问话：“你是谁？你想要什么？”但是仍然没有任何回应。

出乎意料的是，这个被抓住的人突然摆脱了汤姆的控制。年轻的发明家抓住了他的袖子，他看到在这个人的前臂位置，有一个深深的、参差不齐的半月形疤痕。这个家伙疯狂地扭动身躯，成功逃走了。

汤姆开始追他，但是没有用，狭窄的街道像迷宫一样，而且天色几乎完全黑了，汤姆现在处于一个不利的位置。转过几个拐角后，汤姆意识到他已经失去了这个人的踪迹，于是他回到了飞机上面，并且把遇到跟踪者的事告诉了巴德。

“你觉得他和今天在飞机上跟着我们的那家伙是一伙的吗？”巴德问道。

“如果说，他们真是一伙的，我也不意外，”汤姆回答，“我觉得咱们该走了。”

汤姆驾驶着飞机向西方飞去。在肖普顿刚刚黎明的时候，比诺曼底时间早五个小时，他将飞机降落在了斯威夫特公司。这个公司是一片延伸的建筑群和飞机场，汤姆和他的父亲就在这里工作。

巴德打了个哈欠说：“我好累啊！”

“我也是，”汤姆表示同意，“你回我家里睡一会儿吧。”

“求之不得。”巴德回答。

斯威夫特的家在一座山上，占地广阔。房子周围有一套不可见的警戒系统，一旦有不速之客到来，就会发出警报。

两个男孩戴着能够消除警报的腕表，进入到房里，立刻爬到床上睡觉。经过了长途飞行，他们都很疲惫，直到下午才醒。只有汤姆的妈妈在家，斯威夫特先生与汤姆的妹妹桑迪都不在。

到了周一早上，两个男孩去了斯威夫特公司。

“我觉得在我做其他事情之前，要先把我们的遭遇告诉我爸爸。”汤姆说。两个男孩使用电子卡，进入了一个秘密的大门。

老汤姆·斯威夫特坐在一个私人办公室的桌子后面，年轻的汤姆很像他，他们共用一个办公室。安保主任哈伦·艾姆斯是一个有着深邃眼睛与瘦长身材的男人，他也在那里。这两个人正在开会。

“爸爸，怎么了？”在这四个人互相问候之后，汤姆问道，“发生什么事了吗？”

“是的，”斯威夫特先生回答，“看看这些。”他拿起了一些图纸，上面是高速飞船上将要放置X光的飞机库。“周五的时候我把这些东西锁在了这里，今天早上我在这上面发现了原来没有的轻微铅笔印，有人从周五就进到了这里——一个没有进入权限的人！”

“爸爸，”汤姆问道，“还有其他东西被动过吗？”

“如果你指的是我在秘密实验室中进行的实验，那没有，儿子，”斯威夫特先生回答道，然后又神秘地说，“它们都很健康，每天都在成长。”

汤姆没再继续问下去，因为他爸爸的工作属于顶级的机密，只有少量最忠诚的员工知道。这些员工从未在那些超级安全的实验室外提过这一独特的项目，而那些实验室都藏在斯威夫特公司这座迷宫的下面。

当斯威夫特先生扫描那些可疑的铅笔印记的时候，哈伦·艾姆斯说："没响起任何的警报声，这就表明只有两种可能——要么是员工里有叛徒，要么是有外部的人员拿到了我们的电子通行证，这些通行证原本是只有斯威夫特的员工才佩戴的。否则，当他进入公司范围内的时候，雷达会发出警报的。"

"叛徒!"汤姆吸了口气，"还有其他的损害或破坏吗?"

"没了，"他的父亲回答，"但是一定有人在我们这里窥探，不管他想的是什么，对我们来说一定都是坏消息。"

"你说的对，爸爸。而且我有一种感觉，这是一个危险组织的成员。"汤姆说道，他告诉了父亲他与巴德在极地海面上与那架间谍飞机之间的斗争，以及那个胳膊上有着疤痕的黑衣男子。

当汤姆说完的时候，斯威夫特先生的脸色很严肃，他说："这个问题严重了。"

"还有一件事，爸爸。我们在外面的时候，遇到了非常强烈且无法解释的湍流。"汤姆描述了在大气中受到的撞击，以及他与巴德认为这一事件属于人为造成的想法。

"我最好给凯文·莱特打个电话，让几个顶级的政府科学家来研究这个问题。"

几分钟后，汤姆和政府的官方人员取得了联系。

“汤姆，”莱特先生说，“太巧了！我正要给你打电话呢！政府要给你个任务！”

“只要是我能做的，我都愿意去做，”汤姆回答道，“是什么任务？”

“这件事是最高机密——而且很紧急！在电话里说太不安全了，我们会派一个年轻人过去见你，他的名字是威廉姆·罗林。他是可以信任的，而且他会把整件事向你简要说明。我再重复一次，这件事是绝对的最高机密！”

第三章 政府使命

“我们会等着威廉姆·罗林的，”汤姆对这个政府官员说。然后他轻笑着加了一句：“你完全勾起了我的兴趣，我差点忘了是我给你打的电话。”

他开始描述他与巴德在极地中遇到的奇怪干扰。莱特先生对此感到很惊奇，他告诉汤姆，罗林就是要去和汤姆说同一件事情。

“他今天中午会到。”

汤姆对罗林将要说的事情很好奇，但他把罗林来之前的几个小时好好利用在了检查“螃蟹”——一个新发明的上面。螃蟹已经完全装配完毕，它被放在一个秘密实验室的脚手架上，一个高技能且可信任的机械师正在它的下面工作。这个发明的名称叫作原子蜘蛛螃蟹，是一个小型的金属宇宙飞船，它可以抵御任何的辐射。在外观上，它很像一个大个的、有翅膀的古怪生物。它的一部分像螃蟹，还有一部分像蜘蛛，在它又短又粗的身体前面，有着像钳子一样的胳膊，而且在腹部还有四个圆孔。

“这些圆孔工作状态如何？”汤姆问那个机械师。

机械师说：“挺好的，到现在为止，它们可以根据情况进行调整，立刻发射出我们在螃蟹里面设定的各种尺寸的缆绳。”

汤姆满意地点了点头。在他的想象中，这个银色外壳的螃蟹将从高速飞船上面的特殊飞机库里出来，飞到太空之中，找到飘浮的宇航员，用托马塞特线绑住他，然后把他带回安全的飞船之中。

“进行得还不错，”年轻的发明家想，“有了螃蟹和久热翼，我们在太空中应该就彻底安全了！”

早些时候，汤姆曾近设计过一个羽翼，来解救在轨道中飘浮的已经失去功能的宇宙飞船。羽翼被放在飞船前端的位置。它是一种织物做成的护套，向里面放入泡沫塑料的时候，这个护套就会扩大成一个羽翼的形状。作为一个防热罩和“降落伞”，它会使飞船在返回的时候，避免因高温而燃烧起来，而且让飞船减速，准确地落到地面上。

威廉姆·罗林在中午的时候准时到达了，并且出示了证件。他是个年轻人，看起来很能干，穿戴整齐又得体。互致问候之后，罗林与汤姆、汤姆的父亲以及巴德一起在斯威夫特公司的一个私人餐厅吃了午餐。这个来访者立刻说出了他来到肖普顿的理由。

“我很确信，你们在北极附近受到的干扰，是由与我们敌对的外太空生物引起的，”他说，“我是一个气象学家，A国政府在与当地当局进行合作，因此派我去北部海岸的一个小村庄，对那里的奇怪现象带来的影响进行观察。当局对这些影响很是关心。事实上，也有其他的科学家被派到多个基地，都是为了同一个目的。”

“你的意思是，这些干扰已经发生一段时间了对吗？”汤姆问道。

“是的，”罗林回答。又用他安静、平淡的方式继续说道：“总之，我进行调查的地方离海岸并不远，在那里有一座巨大又陡峭的尖塔，它被维京袭击者用作他们定期袭击海岸时的瞭望哨。”

“就在几天前的晚上，我正在瞭望哨的位置观察，突然发生了一件古怪的事情，两个奇怪的生物——我不能称它们为人——从一座大尖塔的后面走了出来。在幽暗的黄昏中，我看到了他们的身体与人类的非常相像，但却是由打磨后的铜制成的。”

“铜！”巴德几乎喊了起来。

“是的，铜，”罗林继续说道，“而且，他们的头好像是金属做的，这正是关键所在！”

听到这位客人所讲述的这件难以置信的事，两个斯威夫特家族成员与巴德都非常吃惊。如果不是由科学家，而是其他任何人告诉他们这个故事的话，他们绝对不会严肃对待这件事。

但是罗林身上那种虽然安静却很权威的气场，以及他的官方背景，都使这件事充满了可信性。

“几乎是同时，”他接着说，“我闻到了一股辛辣的味道，然后没过几秒我就晕了过去。”

“你和那些生物有进一步的接触吗？”汤姆问道。

“有！”罗林回答，脸上带着奇怪的笑容。“我接下来知道的事情，就是感觉自己被绳子捆到了某种沙发上面。在周围一片黑暗中，我可以看到闪烁的光。然后我就听到了一个尖锐的声音在抱怨，频率很快，然后逐渐地慢了下来，直到变为可以听懂的语言。我并不能看到什么东西，但却可以听到他们是在下达飞行的指令！”

“突然之间，我感到了一种强烈的上升与加速的感觉，接下来就是一阵强烈的晃动与旋转。终于，几个这种生物——我从来没有清晰地看过他们，因为他们总是在我的视力范围之外，隐在半明半暗当中——告诉我他们实际上是来自另一个星球，尽管他们没有说是哪一个。”

“我被告知，他们在这座尖塔上是有重要的事要做的，他们要的是不被打扰，如果我的地球——以及所有其他人类——不让他们完全单独待在这个尖塔上，他们就会攻击我们！他们说那些奇怪的极地干扰——我了解到你们两个男孩已经体验过了——只是他们这些敌人所能做的事情中很小的一件！”

“真是一堆友好的家伙！”巴德说，“他们的袖子里一定藏着好多招数，因为在海上的情况已经够我们受得了！”

汤姆问道：“你是怎么从他们那逃走的？”

“其实，说实话，我没有逃，”罗林继续说道，“在那个时候，我又晕过去了，当我再次醒过来的时候，我就躺在我遇到他们时的那座尖塔上。很明显，他们已经走了，但是我头痛得特别厉害。”

巴德不屑地哼了一声，说：“我猜他们是想让你送个信，传达他们的最后通牒：给我们隐私权，不然就要你们好看！”

斯威夫特集团的两位成员沉默地坐了一会儿，思考着罗林告诉他们的这件事情所代表的含义。

最终汤姆的父亲说道：“这确实是一次离奇的经历，一定挺吓人的。你怎么知道我们能帮你呢？”

罗林说：“政府的官员想让汤姆去尖塔那里，试着接触到这些外太空的生物。”

“你们想让我什么时候去？”汤姆问道。

罗林说：“如果可以的话，立刻就去。政府方面确信你们斯威夫特家族的成员是最有能力查出这些生物想要什么的人，并且在必要时可以与他们进行沟通的人，因为你们曾有与地球以外的生物接触的经历。”

“听起来是个重要的任务，”汤姆说，“很明显，在那座尖塔上面正在发生一些很奇怪又不好的事情，需要紧急调查。我愿意试一下，但能不能延后？”

“为什么？”罗林问道。

“后天，”汤姆说道，“我们新的宇宙飞船，加速飞船要进行试航，包括绕着太阳和地球的飞行。”年轻的发明家解释道。“你对我们很坦诚，所以我也坦白告诉你，这个项目受到一些窥探。虽说现在还没有遭到破坏，但谁知道我们的好运能持续多久呢？”

“听起来不太妙。”罗林说，“你知道谁在窥探，为什么吗？”

“不知道，”斯威夫特先生回答，“但是我们相信他们是要抢在A国之前完成太阳系遨游。”

“也许不止如此，”汤姆补充道，“如果他们能偷走我们发明的X光的话，他们就有了能够毁灭整个斯威夫特机构的武器！”

“以及，”巴德说，“任何不按他们的方式做事情的人。”

罗林轮廓分明的脸上显示出了关心。“我明白你的状况了。很明显，我们两个项目都是很紧急的！”

“汤姆，”他的父亲突然插话道，“我有一个建议。你为什么不按计划进行试飞呢？就是后天了。你和巴德一回来，就可以立即去试着接触那些外太空生物。与此同时，我会解决在高速飞船的试飞过程中可能出现的任何问题。”

“好的，爸爸！”汤姆说道，高兴了起来。

“我得和政府方面说一下这个情况，”斯威夫特先生说，“但是我相信他们会理解的。”

他立刻给首都打电话，那里研究外太空的官员的确表示了理解。他们对高速飞船项目非常感兴趣。

“我们会急切等待着结果。”斯威夫特先生被这样告知。

在听到斯威夫特先生关于汤姆一完成试飞就会去的保证后，官员答应了汤姆所说的延迟。

“罗林先生，”斯威夫特先生挂断电话之后说，“政府方面要你回去。”

“那我马上启程，”这个年轻人说，“几天后在穆尔迪恩见。”

汤姆下午检查了马帝的模型，这是一个穿着太空服的宇航员模型。在月球之行中，他曾计划要对原子蜘蛛螃蟹进行一系列的测试，其中的一项就是救活马帝的人形。

“嗨，马帝！”他笑着和这个模型打了个招呼，并开始检查。

等到汤姆完成对马帝内部的最终修改时，已经到傍晚了。他和巴德见了面，并一起开车回到斯威夫特家里吃晚餐。汤姆的妹妹桑迪看到两个男孩时笑了起来，她是一个金发、活泼的十七岁女孩，正在和巴德交往。

“你们俩回来得真是时候，正好可以带我和菲利斯出去。”她开玩笑说。

和她在一起有着深色头发的漂亮女孩菲利斯，是斯威夫特先生的好友兼长时间商业伙伴奈德·牛顿的女儿。

“嗨，汤姆，巴德！”她打招呼，“有什么新鲜事吗？”

汤姆笑了，说：“马帝。”

“马帝是谁？”

“马帝模型，我差点带他来参加晚餐。”

巴德接道：“但是汤姆之前已经给他喂了电子维生素和超音速汤了，所以他不饿。”

在晚餐期间，两个男孩讲述了他们在极地的冒险经历，在海岸有外太空人存在的可能，以及他们将要进行的绕月球试飞计划。

“明晚是高速飞船首次飞行前的最后一晚，”桑迪说道，“咱们举行个对这次发射的庆祝活动怎么样？我知道有一个地方，我们可以去吃顿丰盛的中餐。”

“听起来不错。”菲利斯说。

“当然可以了。”汤姆和巴德也同意了。

过了一会儿之后，两个男孩回到了公司进行工作。在这次飞行之前，仍然有许多需要做的事情。

“我们先看一下新的地下实验室的位置吧。”他们进入公司范围后，汤姆这样建议道。

规模巨大的挖掘与建筑工作正在照明灯的照耀下热火朝天地进行着，最终，一些关于斯威夫特的预言、图纸以及计划的时间舱将会被埋进这个庞大建筑物的一角。

“如果大小有意义的话，”巴德向下盯着这个大坑说道，“那么当它完成的时候，将是这个世界上最大的实验室。”

一个强壮的工人正在沿着一个斜坡向上爬向他们，汤姆专心地盯着他看。

“巴德，”他突然叫道，“那个人胳膊前面的疤痕！和那天在诺曼底跟着我的人身上的一模一样！他一定是个间谍！”

当汤姆走向那个工人的时候，那个人突然转过身，重新向下面走去。

“等等！”汤姆叫了出来。

那个人没有理会汤姆的叫喊，而是继续沿着挖掘场地的一侧快步行走，当汤姆接近他的时候，他开始跑了起来。两个男孩向他冲去。

这场追逐很快演变成了一场在脚手架间、在吊车间、在移动着的挖土机之间疯狂的躲藏与寻找游戏。因为有很多的建筑车辆，所以视线看不到前面很远。巴德跑过汤姆前面的推土机，他发现自己正位于一个蒸汽挖掘机铲子的行进路线上！

“巴德，小心！”汤姆大叫。

第四章 螃蟹的星际旅行

汤姆一个飞扑，到了巴德身边，两个男孩滚在了一起，身体被挫伤了，在刺耳的声音之中，沿着挖掘场地陡峭的边缘滚了下去！巨大的铲子在他们身边擦过，距离只有几英寸！几秒之后，在碎石碎砖之中，他们终于在坑道的底部停了下来。

两个男孩站了起来，身上已经磨得不成样子，巴德开玩笑说：“我身上哪儿都不敢动了，我怕它们断了。”

这个时候，多数工作人员都跑着过来了。

“我们没事，”汤姆让他们安心。然后，当其中一个工头过来的时候，他说，“把你的对讲机借我用一下，我必须把刚才跑掉的那个人通报给安全部门，他是个间谍！”

他联系了哈伦·艾姆斯。过了一会儿这位安保主任敲了汤姆实验室的门，汤姆和巴德在这里工作。

“有什么发现吗？”年轻的发明家问道。

“我们搜索了整个场所，但是没有找到你所说的那个人，”艾姆斯疲倦地说，“他绝对不是一个员工，为了进一步确定，我们的医疗记录会有那个疤痕。”

“很明显，他成功弄到了一张我们的电子通行证，”汤姆思考着说，“不然的话，在公司的雷达进行安全扫描的时候，他就会显示为一个光点。现在的主要问题是：他是怎么从诺曼底到达肖普顿的？他为什么会以工人的身份出现在实验室建筑工地里？还有他去了哪里？”

“我觉得自己可以回答你的最后一个问题，”哈伦·艾姆斯说，“这个事件发生后不久，有一辆卡车从前门开了出去，想必这个胳膊上有疤痕的家伙是坐在那里面逃掉的。”

汤姆插话道：“关于前两个问题我有几点想法。那个家伙可能是藏在我们飞机上，和我们一起飞越的大西洋，这哥们儿。进一步说，很明显他已经发现了我们要把时间舱埋起来的计划。不管他是谁，或者他代表的是谁，都明显对所有斯威夫特过去、现在以及将来的项目感兴趣！”

“汤姆，你的意思是，斯威夫特公司的整个未来都处于危险之中！”哈伦·艾姆斯叫道。这一可怕的说法让他的两位听众感到一阵寒冷。

巴德打破了沉默，他说：“有一件事是可以肯定的，我们可以从那个疤痕上认出那个人，因此他不会再回来了。”

“确实，”汤姆闷闷不乐地说，“但我们也不能阻止他把通行证给其他的间谍——没有疤痕的那些。”

“这倒是真的，身份证明都是在雇员被雇佣时发给他们的，”哈伦·艾姆斯说道，“上面只有面部的三维彩色照片，可能有一个安保没有仔细检查通过大门的每一个人。不过从现在起，我会确保没有身份证明的人以及不完全匹配照片的人都不能进入。”

“好主意，哈伦，”汤姆回答道，“但是我们面对的是一个非常聪明的团伙，这些预防措施可能都派不上用场。”

艾姆斯点了点头，说：“我想你乘坐高速飞船的飞行越早完成越好。”

第二天早上，汤姆现场指导了X光被特别焊接到高速飞船上面。为了适应在太空中的大规模操作，汤姆扩大了他的发明尺寸，大小与小型的大炮相当。它比汤姆和巴德先前做测试时所用的强大了50倍。

一个看起来很熟悉的旅行车停在了巨大龙门架的旁边。“你好啊，汤姆。”一个大嗓门从司机座位上传了过来。

“乔！”汤姆喊着这个前流动炊事车的厨子，后来他来到东部成了斯威夫特先生和汤姆在实验室以及出去考察时的私人厨师。

这个矮矮胖胖、脾气温和的西方人露出了大大的笑容，他说：“我觉得如果我们要进行那个太空旅行的话，我最好要准备足够的食物。”

当乔开始从旅行车上往下一堆一堆搬食物的时候，汤姆咯咯地笑了起来。

“等会儿，朋友，”汤姆以一种慢吞吞取笑的口气说，“你知道的，我们不是要带个部队过去。”

“我知道，但是这并不仅仅是为去月球的旅行准备的，”乔抗议道，“我也是在为这次盛大的旅行储存食物。我估计这里的食物够吃两年的了，也许够更长时间。我一直在阅读，那些星球中的一些是非常远的。”

“你对于距离的说法是正确的，”年轻的发明家说，“但是乘坐着高速飞船，就不会耗费那么多时间了。实际上，去月球的旅行只会花费三个小时，绕着各个星球的旅行也不会超过两天半到三天的时间。”

“啊，穿穿我的宇航服吧！”乔叫道，“这不可能！”

“为什么不可能？”汤姆笑了，“毕竟，我们是要乘坐加速飞船去，不是吗？我们这儿可没有慢车！”

“乔，我没开玩笑，我们不会像火箭一样直接提到最高速度然后滑行就可以了。我们的斥力装置驱动器会一直为太空船加速，所以我们的速度也会一直增加，而且尽管多次加速，也不会对地球的重力牵引有任何感觉。能做到这一点的时候，整个太阳系在我们的眼中都会变得很小！”

“我不知道，”乔摇着他的头，嘟囔着说，“不过我确实有点沮丧，我以为咱们要出去进行一次长时间的探险呢。要按你的说法，去月球带点零食就行了，整个盛大的旅行也是九顿十顿饭就够了。”

“我这么为旅行时吃什么而操心也没必要了，”他继续说，“我都不确定自己的消化系统是否能快点跟上你如此高速的宇宙飞船。”

“高兴点，乔，”汤姆劝道，“给我们做点特殊的东西当午餐吃好不好——比如，好吃的墨西哥餐？”

乔听到这个主意，高兴了起来，说：“我怎么没想到这个主意？我最好现在去城里，买卷肉玉米面饼的原料。”他提议道。

“巴德，”等到乔开车走了之后，汤姆说，“咱们把原子螃蟹弄起来测试一下。”

没用几分钟，两个男孩就把这个奇怪的远程遥控装置装载到了一架小飞机上，并启动了飞机。地面上有个帮忙的人放飞了许多不同大小的气球，汤姆利用螃蟹自己的力量把它放了出去。他仔细观察着螃蟹使用一缕缕非常结实的托马塞特将气球来回缠住。

“螃蟹把这个细致的活做得不错，”汤姆对巴德说，“今天下午我们要用一些更重的东西来测试它一下。”

“比如一张乔的烙饼。”巴德开玩笑说。

就在这个时候，汤姆向下看了看。他们正下方的路上，敦实的德克萨斯人正开着他的旅行车过来。

“说到乔，”汤姆说，“他在那里呢。”

“咱们给他来个特别的表演怎么样？”巴德提议，“咱们让螃蟹向他那飞过去。”

汤姆犹豫了一下，“好的，”他最终同意了。“但是我们一定得小心，不能飞得离他太近。”

不一会儿，螃蟹就稳稳地向下方高速行驶中的旅行车飞了过去，汤姆操控着这个飞行器直接冲到了乔的上方。

“干得好！”巴德叫道，“它飞得太棒了！”

瞬间过后，两个男孩就被吓到了。乔被这个奇形怪状，正在冲向他的小型飞行器惊到，对车失去了控制，车子向路边滑了过去。

“哎呀！”巴德叫道，“乔有麻烦了！”

两个男孩惊慌地看着旅行车向一个深谷的边缘冲了过去。然后突然间停住了，车子底盘的一半挂在了边缘外，非常危险。

汤姆叫道：“乔身体动一点点，车子也会掉到悬崖下面！”

两个男孩飞到他们朋友上方离他很近的地方。汤姆拿起了一个手提式扩音器，把头伸出侧面的窗户，向乔狂喊：“乔，待在原地，别动！”

“我们该怎么做？”巴德问道。

“看起来螃蟹的第一次测试要来真的了。”汤姆回答道。

通过远程控制，年轻的发明家使螃蟹直直地飞向了乔。粗粗的托马塞特“缆绳”从四个圆孔里射了出来，缠住了旅行车。当乔发现自己成了这个奇怪设备的“囚犯”时，他发出了大声的喊叫。

汤姆操纵着螃蟹突然发动力量，将被缠住的旅行车带回到自己的飞机。乔盯着窗户外面，又惊又怕。两个男孩可以看到他的嘴唇在动，他们猜想乔是在狠狠地威胁他们。

“机长，”巴德说道，“我们会为此付出代价的。”

在汤姆的操作下，螃蟹将乔和他的旅行车放在了斯威夫特大楼的前面，将缆绳解开，回到了飞机上面。

“看来我最好给实验室打个电话，找人用溶解的喷雾处理下乔的车，这样他才能出来。”汤姆说道。

“是的，”巴德表示同意，“如果我们还想吃到墨西哥餐的话。”

当两个男孩回到汤姆的实验室的时候，乔从旁边的厨房走了进来，他说：“好啊，汤姆·斯威夫特，现在你都拿我来做实验了。”

“抱歉，乔，”汤姆回答道，“我没想吓你。”

“你差点把我魂儿吓飞，”乔唾沫横飞地说，“还有你的新发明！当被一个螃蟹一样的东西从地上拎起来的时候，我得是什么反应？”

“你很幸运，螃蟹按计划起了作用，”巴德说道，“你当时所在的位置很危险。”

“哈，我猜要是你们同事没把我弄上来的话，我现在得在那峡谷的底下了，”乔说完，又不好意思地垂下了他的眼睛，“很抱歉，朋友们，我脾气太差了。”他这样说道，走进了厨房。

过了一会儿，这个秃头的厨子出现在实验室的门口。“快来尝尝！”他拉长调子大声说，“我给你们做了点特别好吃的东西，墨西哥口味的。”

当两个男孩看向实验室旁边的小休息室的时候，眼睛都睁大了。在两辆小车上面放着一排色泽鲜艳的食物。巴德咬了一口玉米卷饼，嚼了起来。紧接着，他的脸红了，流出了眼泪，咳嗽起来。

“怎么了？”汤姆问道，他正在尝另一道菜。“火！火！”巴德大叫，一边向自己大张着的嘴里扇风。“太——多——的——红——辣椒了！”他嘶哑地补充。

就在这时，乔冲进了房间，两只胳膊各拎着一桶水。

“不，乔，不用，”汤姆说，他笑得弯下了腰，“没有火！”

这个厨子的眼睛扫视了一遍房间，问：“你什么意思？”

巴德又好气又好笑，他指了指自己的喉咙，“火——里面的。”

乔点了点头，匆匆跑回厨房，回来的时候拿了一些面包和色拉油，还有一些凉的饮料和不那么辣的食物。两个男孩尽情地吃了一顿。

经过一下午完善高速飞船的辛苦工作，这艘大太空飞船宣布已经准备好进行第二天的试飞了。

“希望不会出什么差错，”当他们开车离开发射地点去接桑迪和菲利斯的时候，汤姆这样对巴德说，“我一直在想，我们的敌人到底要做什么，他们是想复制出一艘高速飞船呢？还是想毁了它，或者有别的目的？”

“放松点，汤姆，”巴德回答道，“我们已经做了所有能做的事情。相关人员会在午夜时分开始仔细检查这艘太空船，然后我们会在中午的时候起飞。现在，忘掉这件事，好好玩一会儿吧。”

在和女孩儿们去往饭店的路上，汤姆注意到在他们后面有一辆黑色的摩托车，驾驶者戴着护目镜。巴德也看到了，他和桑迪坐在敞篷车的后座。两个男孩都怀疑这个男人是在跟踪他们，还是只是顺路。当他们到了市里的时候，汤姆成功甩掉了那个人。

“我一定是太敏感了。”他想。

吃了一顿美好的晚餐后，四个年轻人去看了一场电影。他们出来的时候，外面下起了大雨。当他们向自己的车跑过去的时候，汤姆注意到那辆黑色的摩托车就停在旁边，他看了一眼巴德，知道巴德也看见了。

当他们到了车子那的时候，大雨开始倾盆而下。“我来开车吧，汤姆。”巴德提议道，他知道汤姆会关注那辆摩托车，看它是否会跟着他们。

路已经变得很滑了，可见度很差，挡风玻璃上的雨太大，雨刷已经应付不了了。

当沿着一个小斜坡向下开的时候，车子遇到了一个坑，失去了控制，又撞上了一块石头。当巴德努力想把这辆跑车停在路边的时候，突然听到了一个类似于枪响的声音。

“好，这正是我们需要的！”他生气地咕哝着，关掉了发动机。“轮胎爆了！”

两个男孩急忙从车里出来，检查了一下左前轮。“这个轮胎坏掉了，”汤姆说，“还是个新的呢。”

两个男孩从后备厢里拿出了另外一个轮胎。几分钟后，当汤姆正在旋转单向扳手时，他说：“就快到午夜了，我希望咱们能准时赶回去，参加高速飞船的检查。”

突然之间，在大雨的哗哗声中，他们听见了一阵低沉的嗡嗡声。刚看到前灯，摩托车就从他们身后的山坡打着滑，危险地冲了过来！

汤姆来不及跑到一边，摩托车擦着他开了过去，并继续斜着向前冲去，但被驾驶者逐渐控制住了。汤姆倒在了路面上。

“汤姆！”巴德大喊，在朋友身边跪了下来。

两个女孩吓坏了，从车上跳了下来。

“汤姆，汤姆！”桑迪哭喊着，俯下身扶着汤姆。

看到年轻的发明家不能动了，菲利斯的脸色变成了灰白。

第五章 可怕的声音

远处的摩托车驾驶者急忙将摩托掉了个头，并呼啸着开向了汤姆他们。当他开近的时候，巴德注意到他的袖子卷起了一些。可以看到他的一只胳膊上有着一块锯齿状疤痕，正是汤姆昨晚在工地上看到的那个人！

“我来帮他。”这个驾驶者停了下来，用嘶哑的声音说道。

“不行！”巴德回答，“站在那别动！”

这个人没有理他，把摩托车一放，没有熄火就走了过来。巴德再也忍不住了。他往前走了几步，打向这个男人的下巴，这个男人被激怒，打了回来！

桑迪和菲利斯都被吓到了，两个人在路上互相抱着，垫着汤姆的头部，巴德和那个有疤痕的男子拳来拳往，就在路边滑溜的泥泞中搏斗了起来。

汤姆呻吟了一声，坐了起来。“怎么回事？”他问道，并站了起来。

那个陌生人看到了他。停住了扬在半空中的拳头并推开了巴德，喃喃着说："你没事，汤姆。"然后就跳上了他的摩托车。摩托车发出巨大的吼声，消失在路的前边。

"汤姆！"巴德疲倦地喊道，同时擦着手上的泥浆。"你感觉怎么样？真的没事吗？"

"是的，我感觉没什么事，"汤姆回答道，"估计是我倒下的时候撞到了头，但是现在已经没什么大碍了。你们俩怎么打起来了？"

巴德快速地解释了一下，汤姆皱起了眉。

"我们都浇透了。"桑迪说，催着大家回到车里。

巴德摇了摇头，说："我先把这个轮胎换了。"

汤姆想要帮忙，但是其他几个都坚持要他休息。

"别忘了你明天还要飞呢。"菲利斯说。

五分钟后，警笛声呼啸着，穿过了这个黑暗的雨夜。一辆警车停在了几人的面前。

"你们中有一位是汤姆·斯威夫特吗？"驾驶警车的人问道。

"我是，"汤姆回答道，"怎么了，警官？"

"哦，没事，"这个人犹豫着说。"我们刚才接到一个骑摩托的人打来的匿名电话，说附近出了事故，他说和汤姆·斯威夫特有关，让我们过来看看并帮个忙，但现在看起来你并不需要我们。"

汤姆简单介绍了一下发生的事情，并向这位警察表示了感谢。当警车开走了之后，巴德爬回到了敞篷车上面，并开向了肖普顿。

“我不明白。”当他们快到家的时候，巴德说道，他感到很困惑。“那个胳膊上有疤痕的人到底是谁？我们俩打起来之前，他说他想要帮你，但是我并没有相信他。”

“你当然不会相信他了，”汤姆说，“在那种情况下，谁会相信呢？但也许他真的是想要帮忙，我相信他不是故意打滑撞到我的。”

这个时候，已经可以看到肖普顿的灯光了。在送菲利斯回家之后，两个男孩决定去看看对高速飞船的最终检查怎么样了。

“也许我们应该先清洗一下，”汤姆提议。“我不知道自己现在是什么样，但是你看起来就像是刚被坦克轧过的一样。”

“你看起来也不像是要为照毕业照摆造型的。”这是巴德的评论。

在斯威夫特的家里快速冲洗了一下，并换了衣服后，两个男孩来到了距离肖普顿8千米的高速飞船发射地点。在刺眼的照明灯下，检查工作正在有条不紊地进行中。

两个男孩看到眼前的景象，都激动不已。高速飞船比曾经建过的任何宇宙飞船都要大，是一个巨大的银色球体。三个小模块紧紧靠着母舰，有一个在上面，另外两个在两边。它使在上面工作的人员变得非常渺小。

“天哪，”巴德兴奋地说，“就等着这个大家伙飞起来，飞走吧！”

两个男孩坐着升降机到了空中，对这个飞行器进行检查。通过主机体上的舱口进入到了中央控制舱板，舱板上有人为控制与程序操纵的转盘和按钮。他们从那里穿过了一条在矮支柱内部的窄走廊，进入“实验室模块”，这里满是科技设备，包括X光。

“汤姆，都准备好了，只等起飞了。”一个工作人员说道。

汤姆检查了上面的装备，点头表示同意，并与巴德一起回到了中央控制舱板。接下来他们又去看了下飞行器顶部的“飞机库模块”。

最后，他们去了“储藏模块”。“我很高兴这些模块都是可拆卸的，”巴德说道，“只要我们愿意，我们可以在一个星球上把任何一块卸下来，然后在里面待一会儿。”

“幸运的是高速飞船和它的各个模块都带了防污染设备，”汤姆说道，“通过对我们所排放的废气进行无害处理，能让我们避免污染大气层或者任何星球的表面。”

两个男孩知道要从星球上收集样品，所要面临的最困难的问题之一就是宇宙飞船在收集样品时，会排放出能够改变样品性质的污染物。

“是的，你的新发明解决了这个问题，”巴德说，“通过使用防污染设备，飞船既不会排放污染，也不会吸收污染。”他拍了汤姆肩膀一下，“这是个很酷的发明，小天才。”

汤姆和巴德回到了控制中心。他们在电视上观看了按下一个按钮时，模块闪烁的金属外壳会滑开，显示出清晰的托马塞特窗户。

年轻的发明家满意地点了点头，说：“走吧，巴德。”

“现在去哪里？”

“去这个家伙的心脏部位。”汤姆回答。

他们乘着升降机深入到了高速飞船的中心。进入到一个闪烁着白光的屋子，这个屋子的墙壁有1.8米厚，他们看到了两个高耸的气缸，一个是红色的，另一个是黑色的。

巴德盯着那个红色的看，说：“这个超级转化器很棒，汤姆。将太阳能通过那些表面的小杯子导入，并转化为驱动斥力装置系统的电力，这真是个好主意。相对于在你以前的太空船上使用的碟形捕捉器——挑战者号来说，是个很大的进步。但是为什么这个红色的不够我们用呢？”

“因为这次旅行不一样，”汤姆回答，“我们要到太阳系中很远的地方去，在那里可能太阳只有天空中的一颗小星星那么大。在那种情况下，我们不能确保太阳能会出现怎样的情况。”

“所以我们要带两个过去。”巴德说。

汤姆看着那个巨大的黑色装置点了点头，说：“这也是为什么我为这个太空船特别制作了超分子细胞。”

“附加的原子能量。”巴德喃喃自语道。

“我们可能会用上所有带的东西。”汤姆说道。

两个巨大的气缸要为数以千计的斥力装置提供能量，这些斥力装置会驱动这个巨大的球体，使它加速飞向太空之中。

“真是天才，你又成功了！”巴德说道。

汤姆走向了升降梯，他看起来很高兴。他们在维护舱板这层走了下来，来到了控制中心的下方。

两个男孩看着工作人员检查了这艘太空飞船两个船体之间的气闸。三个模块的建造方式是一样的。

“我们被保护得很好，”巴德说，“如果有东西破坏了外壳，我们还有里面的那个。而且，整个飞船都被涂了惰强漆，是用原子裂变体——世界上最坚韧的合金建造的。”

原子裂变体是一种稀有的物质，是汤姆驾驶着他的超声波旋风飞机去旅行中发现的，是一种金基合金。原子裂变体是个结合体，由钪、锎、铍等元素以一种不同寻常的方式构成。因此显示出了这三种铀后元素的一些微弱特点。汤姆对它的抗腐蚀性、弹性与韧性进行了测试，发现它是建造宇宙飞船的理想材料，比现存的任何材料都要高级的多。

汤姆从核火洞穴中带回了稀有的岩石，并用它制造了一种涂层，命名为惰强漆。并用这种涂层覆盖了整个加速飞船的船体，使它能够抵挡住最强的宇宙射线。

两个男孩又用一点时间到处看了看，汤姆确定了这一项目正在他的优秀员工的良好控制之下。

最后，巴德说："我要回我家睡一会儿，我们明天可有事做呢。"

"好的，巴德，"汤姆回答，"爸爸要我去他的秘密实验室帮忙呢。"

"又是那些特别机密的事？"巴德问道，给了他的朋友一个明了的眼神。

"那当然，爸爸很重视他这个独特的项目，"汤姆回答，并补充道，"我打算在实验室里睡了，然后让乔给我准备顿早餐。"

他开车去了斯威夫特公司。为了进入秘密实验室，汤姆不得不穿过地下的飞机库，这里面存放着"蓝天女王"、汤姆的飞行实验室，以及他的第一个发明。他总会乐此不疲地看看它。

汤姆拿出了电子钥匙，进入到这个巨大飞机库的内部。里面很安静，影子重重。几盏这里那里还在亮着的灯更加重了黑暗与这些影子。"蓝天女王"庞大的体积在昏暗的灯光下若隐若现，显得更加巨大了。

"事实上，"汤姆想，"这里有点太过安静了。"

远处的角落传来一声轻轻的叮当声，在那里有一排架子，里面放着一堆长长的铜管。汤姆立刻警觉了起来，他小心翼翼地向那个角落走去，感觉到脖子后面的汗毛都竖了起来。

水泥地上躺着一根螺钉，很明显是它从架子上滚下来的时候产生了那个声音，但是它为什么会掉下来？是被推下来的吗?

汤姆盯着阴影里，他看到一个小小的黑色物体从架子上跳了下来，汤姆本能地闪避了一下。那个黑色的东西落在了管子上面，伴随着一声巨响，沿着水泥地跑了过去。

汤姆跳到一边，及时避开了踝关节的可能断裂。当他这样做的时候，年轻的发明家看到一只大大的灰猫飞快地穿过一片光亮逃走了。

汤姆对自己笑了，“我真是越来越容易紧张了。”他想。

几秒钟之后，里面的一扇门打开了，守夜的人跑了过来。

“噢，是你呀，汤姆！”他叫道，“我都不知道你在这里。”

汤姆笑了，说：“没事，我刚才进来的。刚刚以为这里有小偷呢，原来是只猫。”

这次轮到守夜人笑了。“我们发现在飞机库里有老鼠，所以我把它带来了。”他又亲切地说，“祝你明天好运，汤姆！”

年轻的发明家对他表示了感谢，并继续向前走去，对有这么多忠诚的员工为他的成功加油感到高兴。

第二天早上，乔为汤姆做了他认为有点单调的早餐，“我猜，我得遵守规定，”他抱怨道，“但这些食物——”

“在陆地、海上和空中都算好的。”汤姆笑着说。

吃过饭后，汤姆急忙赶到了高速飞船的发射地点，那里已经非常热闹了。

“所有的系统都检查过了，都正常，汤姆。”总工程师告诉他，“我们正在进行一些机械方面细节的最后检查，但是它已经准备好出发了。”

“我也准备好了。”汤姆说道，这个时候巴德走了过来。

“算我一个，机长。”他的伙伴说。

“巴德，”两个男孩穿上太空服的时候，汤姆说，“这是我们一直在等的时刻，希望一切顺利。我一直在想我们的敌人现在正在做什么，会不会正在看着我们起飞。”

“我明白你的意思，”巴德回答，“但是不要担心，我们迟早能知道他们的计划是什么。”

“越晚越好。”汤姆热切地补充道。

斯威夫特和牛顿家里的人为这次起飞聚集在了一起。握手、拥抱、亲吻的同时，说着再见与祝福全体船员的话。最终，两个男孩乘坐升降机升了起来，并进入了这艘伟大宇宙飞船的主门。

汤姆和巴德有点不耐烦地等着倒计时进行到了最后时刻，

到了零的时候，一股力量颤动着，使飞船动了起来。这艘伟大的飞船缓缓地上升，轻松穿过了地球薄薄的大气层，进入到太空的一片黑暗之中！

第六章 几乎致命的混战

星星明亮地挂在空中，地球大气层的最后一丝痕迹也被留在了高速飞船的身后。

“能这样四处走动，感觉挺好。”巴德说，伸展着他的身体。他之所以能这样做，是因为汤姆的反重力中线补偿器创造了仿重力。

年轻的发明家将这个巨大的飞行器设为自动飞行，转向巴德说：“咱们开始对原子螃蟹进行测试吧，我非常迫切地想知道它在太空中和远距离的时候是怎样工作的。”

“好的，机长。”巴德被分配了观察员的工作。

蜘蛛螃蟹被安装在高速飞船顶部的模块上。它看起来像是一个古怪的甲壳动物，移动的爪子伸在前面，像在恐吓一样。

在这个模块外部门口的附近，是正等着被发射的马帝模型。当这个假的人物被射出一段距离后，螃蟹会飞出去把它弄回来。汤姆和两位船员在控制面板前就位。

汤姆小心翼翼地打开了舱口，并透过清晰的托马塞特窗口看着这一操作。接下来他按下了发射按钮，要将马帝射到太空之中。可是什么也没发生！

汤姆和巴德互相看了看。“你觉得哪里出错了？”巴德问道。

“很明显，某处线路出错了。”汤姆回答道，并匆忙地对控制系统进行了一遍扫描。“我们得追踪一下，我觉得。”

“但那需要很长的时间，”巴德说，“要不我穿上太空服进入飞机库吧？我可以用几秒钟把马帝用手推出去。”

几分钟后，这个身体强壮的副驾驶员穿上了太空服，穿过气闸走进螃蟹飞机库。当他在控制面板上看到电视屏幕时，他挥了挥戴着手套的手，表示一切正常。然后小心翼翼地接近了假人马帝模型。

“嗨，老兄，”他说，“有点懒，是不是？”

当巴德开始处理马帝状况的时候，正在协助汤姆的两个船员中的一个叫汤姆去检查一个仪表板上的压力计，汤姆就暂时将注意力放在了仪表板上，做了一些调整。当他把目光转回到电视屏幕上时，却发现那个假人正在向太空飞去。

但是穿着太空服的巴德却躺在飞机库的地板上，他发生什么事了？

汤姆立刻释放了螃蟹，使之从舱口飞出，追着正在逐渐变小的假人而去，然后又急忙试着关闭外门，这样巴德就不会掉到太空中去了。

但是又一次，什么都没有发生！门卡住了！

汤姆担心巴德的安全，因此将控制面板留给那两个船员负责。他冲到放置太空服的柜子前，但是他越是着急，越容易出错。柜子上的锁开不开，用螺丝刀也不管用。不过最后，汤姆还是到了他的同伴的身边。

“不是巴德！”汤姆喊道。

在地板上的是那个假人！

汤姆意识到巴德已经被拖进太空中了！他的心沉了下去。即使是现在，高速飞船也在以飞快的速度远离巴德！

“要是螃蟹没起作用可怎么办？”汤姆慌乱地想。

突然之间，他看到一个小小的银色物体正在向高速飞船接近，逐渐变大，是新的麻烦吗？

然后汤姆的表情变成了笑容。他的螃蟹把巴德给拖回来了，巴德被裹在一个托马塞特包里！

“起作用了！”汤姆想，“现在就差安全回到这里了！”

当螃蟹直接飞进打开的舱门，并轻轻降落到飞机库的地板上时，汤姆终于松了一口气。

好像有魔法一样，外门关上了。当汤姆穿上太空服时，船员们也没闲着，他们迅速查到了控制外门的线路所出的问题。

“怎么样了？”汤姆通过无线电与巴德对话，后者正在飞机库的地板上挣扎。

“没事，”巴德的声音传了过来，“但是赶紧把我从这个大块泡泡糖里弄出来！”

汤姆笑了。他的朋友听起来没什么变化。汤姆迅速抓起飞机库墙壁上挂着的加压溶解容器，将网袋溶解，把巴德放了出来。

重新回到控制中心后，两个男孩脱掉了太空服。巴德没有受伤，但是却有点被他的体验吓到了。

“天啊，当我飞出那扇门的时候，我以为肯定完蛋了！”他说，“螃蟹做过的最棒的事，就是抓住了我。所以说，我们这次真的对这个宝贝进行了测试，是不是——用最努力的方式！”

“也是对我们自己做了测试，”汤姆表示同意，“蜘蛛螃蟹用成功证明了自己！”

去往月球的38万千米旅程，剩下的部分没发生什么意外。在他们身后缀着点点云朵，面貌不断发生变化的地球也逐渐变小了。坑坑洼洼的月球表面逐渐变大，直到成为他们身边布满疤痕的一堵巨大的墙。

“我们会绕着月球飞一圈，”汤姆说，既是对自己也是对巴德说，后者对他们的飞行计划也很了解，“然后飞回地球，在降落前绕一圈。在这里我们要尽可能多做观察和实验，尤其是对X光的实验。”

“我们已经好好测试过了。”巴德提醒年轻的发明家。

“是的，但是我们现在有机会对月球发射X光了。”汤姆指出。

船员们忙碌着将强大的X光射向他们下面这个冰冷，看起来很破旧的星球。不一会儿工夫，高速飞船就绕过了月球的背后，在他们面前“浮现”出了地球这个蓝色的星体。

“从这里看，我们的家园看起来很小，是不是？”巴德说道。

“是的，”汤姆回答，“但是很好。”

当这艘宏伟的飞船接近它的目的地的时候，汤姆说：“我给这个直达飞船设了一条轨线，会带我们飞过北极。”

“所以这才是我们的目的，”巴德说，“我注意到我们已经改变了原始的飞行计划。汤姆，找到引起那些极地干扰的原因，机会有多少？”

汤姆说：“我不知道，但只有一种方式能找到线索，巴德。也许罗林所说的‘太空人’会过来调查我们。”

“好极了！”巴德回答，“我们也许还能找到机会测试X光的武器功能呢。”

“我可不希望这样。”汤姆说。

这个时候，虽然有云层掩盖了大部分地球表面，熟悉的绿色与褐色大陆块也已清晰可见。北美西部在下面晃动，接下来就见到了冰帽的边缘。

“我们正在穿越北极，”几分钟后，汤姆说，“仔细看着所有的感应器和观察器。”

不一会儿之后，极地冰帽就被留在了后面，他们开始跨越艰险的北大西洋，这里正是两个男孩上次遇到奇怪湍流的地方。

“看到什么不寻常的东西没？”汤姆问道。

“没有，”巴德回答，“就是这个地方正常的大气干扰。”

“我想是不是那些太空人已经离开了。”汤姆思考着说，这时他们正跨越大西洋，飞往费林岛上的降落基地。那里的沙丘地区是斯威夫特的第一个火箭发射地。

来自于地面控制的紧急信息将汤姆脑中所有关于极地湍流的想法都驱走了。安全监测发现在高速飞船上面出现了明显的破坏行动！

“什么！”汤姆叫道，“在哪里？”

汤姆停止了问话，因为答案清晰显现在了控制面板上面，他们正在失去斥力装置能量！

汤姆迅速将开关交由应急系统控制，但是什么也没有发生。他敲开隔间，在那里的一个轻型包裹中，放着他的“救生气球”——久热翼。这个东西的外壳却已成了碎片！

汤姆迅速看了一眼控制面板，能源转盘上的指针正在越来越快地滑向零点！

他们要坠机了！

第七章 海底搜寻

汤姆面色铁青，打开了飞船上的对讲机。

“我们正在失去斥力装置能源，”他通知道，“所有人听着，放弃飞船！去到救生舱里！”

这是一些小型的两人飞船，是汤姆为高速飞船上的乘客特别设计的。由斥力装置提供能量，扁平的舱顶有着清晰的托马塞特透明罩。这些“小舱体”被存放在这艘巨大宇宙飞船中的飞机库模块里，一旦遇到灾难，可做救生舱使用。

人们快速，但并不惊慌地冲进了各自喷气推进式的救生船中，射到了太空之中。汤姆为他们的安全低声祝祷，并为曾经经常对船员们进行紧急训练感到庆幸。

“我救不了X光了，”汤姆对自己说，“但我至少可以把螃蟹释放到轨道中去，我会晚些回来找它的。”

在一个瞬间，他按下了打开飞机库舱门的按钮。银色的小东西从这个模块滑到了太空之中！

“我们走，机长！”巴德催促道。

这艘伟大的飞船现在正进入到地球大气层最外面那层。汤姆都没有时间用无线电发射求救信号以及他们的地理位置。他和巴德是最后离开的两个人，从飞机库舱口射了出来，缓慢从上层向下降落。

汤姆看着高速飞船，他的梦想之船，一头栽进了灰色的大西洋，他紧紧地抿着嘴唇，脸色变得惨白。

“我们会把它带回来的，”汤姆用对讲机和巴德低声说，“我还没被打败。”

“对，”巴德回答，“幸运的是所有的船员好像都在这里，汤姆。”巴德数了数了环绕在周围的小飞船舰队之后，补充道。

汤姆迅速做了一些航行方面的计算，然后用对讲机把方向告诉所有人。这支小型的空中舰队设定了去费林岛的航线。

汤姆和巴德是降落的第一组。斯威夫特先生、哈伦·艾姆斯和一些其他的政府代表都在等着他们，还有很多的工作人员站在岸边，迎接一些偏离的救生船。

两个斯威夫特互相问候的时候，汤姆说：“对我们的探险而言，这是个挺不好的结局。”

“至少你们所有人都是安全的，儿子，”他的爸爸提醒他，“我们可以建造另一艘高速飞船的。”

“还有另一只螃蟹。”年轻的发明家告诉自己，这时他想起了自己的第一只螃蟹，正在轨道中飞行。想起所有摆在他和他的技术人员面前的工作前景，汤姆摇了摇头。

哈伦·艾姆斯说话了，“汤姆，我们的一个员工迈克·西伯尔在肖普顿的附近被发现，不省人事而且嘴被塞住，捆在树林里。一组去野餐的人发现了他。他是检查高速飞船的船员中的一位。他的员工身份卡和电子通行证都丢了。”

汤姆看起来很严肃，“我猜这解释了那场破坏。”他说。

艾姆斯继续说道：“很明显，在那天晚上检查高速飞船的船员当中，有一个冒充者。高速飞船飞行了之后，我们的员工西伯尔还是昏迷不醒的状态呢。在那个时候，冒充的人已经逃走了，所以我们无从准确得知已经造成什么样的破坏，即使是在地面工作人员用无线电警告你们的时候。”

“西伯尔现在怎么样了？”汤姆问道。

“他在恢复了，很幸运。”这个安保主任回答道，“对于他的冒充者，我们也向员工们发出了警报。”

汤姆沉默了一会儿，仔细思考着这一问题的所有方面。

“不管我们的敌人是谁，我都不会让他们阻止我们，”他说，“我们会试着搜救高速飞船。”

“这才是我们的精神，汤姆。”巴德说。

“不管我们的敌人是谁，”汤姆继续说，“他们可能计划着建造一个高速飞船的复制品，可能已经破坏了它，他们有大量的时间来研究这艘飞船。”

“无论如何，我们都会打败他们，尽管我必须承认，现在看来这个机会很渺茫。即使我们救回了高速飞船，我们也要对它进行清洗，并检查所有部分。即使在返程时遭受震动与热量侵袭，原子裂变体船体也能保持不受损伤，但是对于所有的内部系统，我就不能保证了。”他说完了。

“你打算什么时候开始搜救工作？”汤姆的父亲问他。

“现在就开始，在破坏者接近它之前。”

“但是你和巴德都很累了，”斯威夫特先生表示反对，“要不等到明天吧？”

“不，爸爸，我很好，”汤姆回答，“我觉得巴德也是，是不是，朋友？”

巴德说：“我和你一起，汤姆。”

一个小时后，两个男孩乘坐喷气式潜艇——汤姆的高速潜水艇海底飞镖出发了。

“你确定咱们能找到高速飞船沉没的地方吗？”等到两个人已经在海底穿行了一会儿之后，巴德问道。

“希望能找到，”汤姆回答，“我对于详细的坐标做了特殊记录。”

现在，他减慢了潜艇的速度，向海底潜去。

“我们到了！”他兴奋地宣布，“巴德，注意仔细观察！”

汤姆用手熟练操作着控制器，潜艇开始沿着海底，扩大范围进行螺旋式搜索。但是并没有找到高速飞船的踪迹。

“我不明白，”汤姆用对讲机说道，“我知道自己关于位置的坐标是正确的。”

突然之间，巴德叫了起来："汤姆！那是什么？"他指着海底沙地中的一个火山口形状的洼地，在那里，海下的植物都被压碎了。

"看起来像是高速飞船的痕迹！"汤姆也兴奋地叫了出来，"这里就是它落下的地方！但是它不见了！"

汤姆感到很困惑，他把潜艇停在海底，休息一会儿。

"不可能啊，但是不知道怎么回事，这件事就这么发生了！"汤姆突然明白了什么，他叫道，"敌人的计划不是把我们的飞船毁了，然后争取时间复制一个，而是要把它偷走！"

"偷走！"巴德重复了一遍，他不太相信。"我们改变了初始飞行计划，他们怎么能确定或不确定在某个时间能追踪到我们？"

汤姆说："很明显他们有非常复杂的雷达与声波定位系统。他们可能用一艘潜艇把高速飞船拖走了。当然，肯定有他们中的一个人知道了我们的飞行计划。"

"但是为什么敌人要等到我们完成了去月球的飞行？"巴德边思考边说，"他们为什么不在飞船刚起飞的时候就把它弄沉了？"

"因为他们想要我们的飞行记录、实验样品以及所有的报告——实际上，是我们不得不留在飞船上的所有东西！"

"哼，要是被我找到那些家伙，我——"巴德太生气了，说不下去了。

汤姆平静地说："很多其他的事情我也开始理解了。比如说那个胳膊上有着锯齿状、半月形疤痕的间谍，很明显他的工作就是盯着我的活动，并且报告在高速飞船上工作的进展。总之，他就是要熟悉飞船和飞船的操作过程，在建筑工地工作就是个障眼法，他把自己的时间分为了两部分，一是在工地上，一是在发射台。”

巴德突然想起了什么，打了个响指，“当然了！”他叫道。“难怪摩托车事故那天晚上，那个人那么关心你的安危，他的上级需要你来进行试飞！他当时一定很慌张，以为自己已经把你杀了。”

“我刚又想到另外一件事，”巴德继续说道，他的声音里有一种不祥的感觉，“既然他们已经得到了自己想要的东西，他们就不需要你了，你可以被消灭了——事实上，我们都可以被消灭了。我们一定得小心了！”

巴德对现在事情的发展趋势感到担忧，他建议立刻离开。

“等等！”汤姆说道，“咱们到外面看一看，也许我们可以找到一些证据，看高速飞船在坠落过程中损坏了多少。”

两个男孩迅速穿上了他们蛋形的胖人装备，通过气闸，现在他们正以一种鸭子的特有步伐在海底的沙地上行走，腿上面带着缩图仪。

汤姆和巴德打开了他们胖人装备上的探照灯。通过上面由水晶制成的嵌板，来对该区域进行仔细扫描，刚开始的时候并不能看见什么东西，坠落的宇宙飞船在海底留下的洼地是成斜坡状的。在洼地的一端痕迹展开了，并有些乱。

“看！”汤姆用他的对讲机叫道，“这就是他们拖走高速飞船的地方。”

两个男孩在斜坡位置盯着那里看，并沉默地站了一会儿。然后汤姆兴奋地指向了底下。

“巴德，看那块岩石的旁边！”他的声音通过对讲机传了过来，“是一块原子裂变体的碎片，上面涂着惰强漆。一定是飞船外壳的一部分！”

“是的，”巴德高兴地回答，“所以说，飞船的外壳需要修补，而这是需要时间的！”

“这正是我所想的，”汤姆回答道，“不止如此，可能很多内部的东西都碎掉了，被严重损坏了，所以我们还是有可能打败那些破坏者的！”

巴德说：“对，汤姆，让我们确定一下那个是原子裂变体。”

当他们向斜坡下方走去的时候，汤姆一条腿上的缩图仪不小心碰到了一块小岩石，这块小岩石滚到了他们前面。下一瞬间，汤姆看到一个圆形的金属物体飘向了他们，有一半藏在金属碎片之中。

“小心，巴德！”他通过对讲机大喊，“那个看起来像个水雷，往回走，快点！”

但是汤姆的警告太迟了。

紧接着，整个海底在他们的周围爆炸了！

第八章 危险的下降

汤姆和巴德穿着他们的胖人装备，被弹进了周围旋转着的岩石和沙子中。过了一会儿，巴德蹒跚着站起来，开始在浑浊的海水中摸索，直到找到了汤姆。

令巴德沮丧的是，年轻发明家的探照灯明显坏掉了，他也不能用声波对讲机回复。巴德摸到汤姆衣服的时候，用金属手指探测到汤姆的密封服上有了破口，水正在进入！

“汤姆！”他疯狂地叫着，但是却没有回音。

“难道汤姆失去知觉了？他是否有机会开启排放衣服里面液体的设备？”

曾经不止一次，汤姆和巴德在穿着胖人装备的时候遇到危险，现在轮到巴德在这种黑暗、浑浊的海里决定他们的命运了。他慌乱地想要打开自己的探照灯，但是开关已经松了。

“我必须堵上汤姆衣服上这个洞，”巴德对自己说，“不然汤姆会溺水而死的！”

巴德强迫自己冷静，用海底的泥沙捏了块黏合剂，他用胖人装备的手指小心翼翼地把这块东西粘在那个还在不断变大的口子上。

他小心地移动了几步，感受着斜坡的方向，当他终于绕了一圈回来的时候，却被眼前的景象惊住了。

汤姆的胖人装备的头部在晃动！

“这个东西一定至少灌进一半的水了，可是汤姆还在里面！”汤姆惊慌地想。

他把汤姆立起来，抓住破损衣服光滑的一面，并推着汤姆走，希望找到潜艇位置，但是却并没有发现。

“我走丢了！”当巴德不能找到海底飞镖上面的灯光时，他对自己说。“但是我不能慌！坚持住！最终肯定能找到潜艇，但是汤姆快要没时间了！”

因为那些依然浮动在水里的浑浊沙子，巴德看不到汤姆衣服的里面。当他再次和汤姆说话，呼喊他却仍然没有回音的时候，他的心沉了下去。

“汤姆可能已经在里面死去了，我却永远也不能知道。”当巴德想到现在情况的严重性时，汗水从他的脸上流了下来。“我必须找到潜艇，把汤姆从这件衣服里弄出来！”

巴德强迫自己冷静，并拖着汤姆沿着斜坡扩大范围，进行螺旋式行走，希望能以这种方式遇到海底飞镖。

经过一阵好似永恒的蹒跚行走，巴德的脚突然离开海底浮了上来。两个人歪歪斜斜地向一个陡峭的斜面滑了下去。

“完了！”巴德绝望地想。

当两个胖人装备停在了海底的时候，巴德小心翼翼地爬了起来。这里的水更加清澈。他着急地弯下腰，通过服装上的水晶窗口凝视着汤姆。

他现在能看到自己的朋友了，水已经到了他的半腰，他的口中说着话，但是难以辨别说的是什么。

“你还活着！”巴德狂喜地喊了出来。通过肢体语言他了解到汤姆已经按下了排除内部液体的开关。

巴德松了一口气。“我们有稳定的空气供应，”他对自己说，“这能给我点时间，来找到潜艇在哪里——”

他的思想被打断了，一条巨大的石斑鱼正在向他游过来，并好奇地盯着胖人装备看。大大下垂的嘴巴在巴德看来就像是一条恶犬一样。

“也许它认为我们是另一种鱼类，”巴德想，“幸好它不能对我们怎样。”

过了一会儿，来了个更加可怕的家伙，是一条巨大的虎鲨，这个可怕的怪物逐渐移向巴德，开始撞击他的蛋形外衣。

巴德受到惊吓，把身子缩到了金属外衣里，鲨鱼短暂休息了一下，就再次向巴德直直游了过去。

“好了，大家伙，这是你自找的。”巴德说道。

当鲨鱼冲向他的时候，他挥出了外衣上的缩放臂，给这个吃人的家伙鼻子上来了重重一击。鲨鱼感到疼痛游开了。

“我还是开始继续搜寻吧。”巴德这样决定。

他把还在歪斜着的朋友扶正，水都快要漫到汤姆的头顶了。在模模糊糊中，巴德看到了潜艇上的灯光。

“噢，天哪！”巴德叫道，“这是我见过最美的灯光。”

他重新有了力气，拖着汤姆到达了潜艇。几分钟后，巴德爬进气闸里面，脱掉了外衣。他用软管做了个紧急漏斗，插入到汤姆外衣上那个布满了泥浆的洞，把里面的水放进海里。

现在，汤姆从他的胖人装备里出来了。

“你觉得怎么样？”巴德问道。

“水都漫到顶上了，就差头了，”汤姆回答，“谢谢你救了我，我被爆炸推倒时，一定把胖人服弄破了。现在我明白了，这整件事情就是一个陷阱。我们的敌人就盼着我们来高速飞船坠落的地方调查，然后引爆炸弹。”

巴德表示同意，“幸亏没按他们的计划进行。”他说道。

“我们最好检查一下海底飞镖，”汤姆继续说道，他担心还会有突然的破坏，“它看起来还好，但是也不能确定。”

两个男孩迅速并小心地对潜艇做了检查，潜艇状况良好，这使他们松了一口气。

“我并不十分确定爆炸的强度，我担心它可能在爆炸中受损了。”当汤姆驾驶着潜艇从海底上升的时候，巴德说。

当海底飞镖向家里航行的时候，汤姆联系了费林岛并且就发生的事情做了详细的报告，这些信息会传给政府方面有关当局。在火箭基地登陆后，汤姆和巴德飞到了肖普顿。

经过几个小时必要的休息后，汤姆和他的爸爸在早上去了公司。要在会堂召开所有员工大会，巴德也被通知参加。汤姆要宣布一件重要的事情。

十五分钟之后，会堂里就满是人了。当汤姆走向麦克风的时候，人群渐渐静了下来。

“你们都已经知道高速飞船的驱动系统受到了破坏，还有它坠入海里的事情。你们不知道的是这艘宇宙飞船已经被偷走了。”

“偷走了！”人群中响起了惊慌的叫声，接下来就是要求迅速抓住小偷的呼声。

汤姆继续说道：“只有一种方式能战胜我们的敌人，在我的第一艘飞船被修好并使用之前，建造第二艘高速飞船来进行太阳系中的飞行。”

“我加入！”一个年轻的工程师叫道，“有破坏者的消息吗？”

“现在还没有，”汤姆继续说，“这对每个人来说都是非常大的工作量，我的意思是非常大，我们能完成这项工作的唯一方式就是夜以继日地工作——每个人都要如此！所以你们怎么说？愿意做吗？”

人群中传来的巨大呼声给了汤姆答案，他们会一直跟着他！

“我们可以依靠他们，这点我从未怀疑，”当汤姆从讲台上走下来的时候，他对爸爸和巴德说，“他们是一群非常棒的员工。”

“当你说工作量非常大的时候，你没有开玩笑，”巴德说，“这真是件大事！”

“爸爸和我已经做完了计划，”年轻的发明家回答，“如果我们坚持下去，我相信可以在我们的敌人准备好之前做完这项工作。我承认，要建造一艘新的宇宙飞船，还要比原来的那个速度更快、装载更多的防御武器，将是非常困难的。”

“武器！”巴德重复了一遍，“你的意思是我们去太阳系的飞行可能会遇到不友好的当地人？”

“我不排除有这种可能性，”汤姆回答，“我真正想的是我们在地球上的敌人，他们有X光，别忘了。”

“但他们不能伤害我们，”巴德说道，“高速飞船二号，会像一号一样，在上面涂满惰强漆保护层，对最强的辐射都有防护作用。”

“换一种方式说，我们的敌人可能会试着攻击我们，但是不会得逞，”他困惑地皱起了眉头，“所以我们为什么需要武器呢？”

“当他们意识到不能伤害我们的时候，他们就可能把致命的X光射向地球，从肖普顿开始！”

“噢，天哪！”巴德叹道，“你说的对，那我们怎么阻止他们呢？”

“我现在还不知道答案。”汤姆冷静地说。

两个男孩到了实验室，为了建造飞船，开始使用电脑进行工作，整个斯威夫特公司的人也开始着手进行建造高速飞船二号这一伟大的工程。

早上晚些时候，乔进来了。“汤姆，我为你和在这里努力工作的所有人做一些特别的炖肉作为午餐，好吗？”

“当然好了，”汤姆和巴德几乎同时欢呼道，“这正是我们需要的东西。”

“就知道你们会这么说，”乔回答道，“所以我已经开始在餐厅做了，一会儿在那见。”他高兴地走了。

到了午饭时间，整个餐厅充满了人，公司里的人都痛快地吃着，同时大声夸着乔。

“你真的可以为自己骄傲。”当巴德和汤姆回去工作的时候，他对这个厨师说。

尽管对新项目充满热情，而且项目还很紧急，汤姆还是觉得继续工作下去有点困难，他很疲倦。

“也许我走一走的话，就能克服这种困意了。”他这样想着，走进了焊接车间。

当他走进去的时候，却看见了一幅难以置信的画面，所有的焊接工人都在地板上睡着了。汤姆根本叫不醒他们。

“被下药了，”他低声说着，开始感到一阵阵眩晕，“我们都被下药了……”

一阵阴影扫过了汤姆，他倒向了地板！

第九章 极地追逐

汤姆逐渐恢复了意识，他感觉到有一个穿着白色衣服的人正站在他的旁边。

一个护士！他到了工厂的医务室！巴德在他的旁边，也在逐渐恢复意识。

“我是怎么到这来的，法兰西小姐？”汤姆低声问道，他还是有些晕眩。

哈伦·艾姆斯的声音从房间的一侧传了过来，“一群自己带了午饭的人发现了你，”他说道，“你们其他人都被下药了。”

汤姆转向他，问：“哈伦，发生什么事了？怎么你没事呢？”

“我怀疑乔的炖肉被人动了手脚，”这个安保主任回答道，“我今天没在工厂吃，所以逃过一劫。总之，当我吃完午饭回来的时候，发现乔在厨房里睡着了。这个主厨和他的帮手们都在厨房里打起了呼噜。”

就在这个时候乔走进来了，难过地摇着头。“我很抱歉，”他说，“这个可恶的间谍动了我的炖肉，我还在吹嘘这些肉给了你们能量！大家都非常喜欢这些肉，所以并没剩多少给我，汤姆、巴德，很高兴看到你们醒过来了。”

“知道这件事怎么发生的吗？”汤姆问道。

“这个问题我可以回答，”哈伦插话道，“乔和厨师用来给炖肉调味的大盐罐里被放入了颗粒状的镇静剂。”

“有那个人的线索吗？”汤姆问道。

艾姆斯摇了摇头，说：“看起来是内部人干的，我已经下命令对工厂里所有人的身份卡进行仔细检查，而且对每个人都进行跟踪。”

“好，”汤姆说。看了一眼手表后，他补充道，“马上要换班了，让我们期待能在这个破坏者溜掉之前抓到他吧。”

“我们会尽力抓到他的，”艾姆斯回答，“但是依我看，这个人已经溜掉了，乔，是谁让你去厨房并且为每个人都做了炖肉？”

“是一个身材很高、瘦瘦的家伙，我就只有这些印象，因为我并没有注意这个人的其他方面。”

既然每个人都恢复了，整个公司又充满了活力。新换的一班正试着努力赶上因为午餐事件落下的进度。汤姆和巴德回到了实验室。

“这个东西是什么？”巴德问汤姆。

年轻的发明家有点发呆，他说：“巴德，你知道，我一直在担心我们的敌人可能会使用X光来消灭人类和国家。我想了一个法子，来将斥力装置光线原理和X光结合起来，这样我们就可以用它来对抗或者消除X光射线，而不是只能发射X光，这个模型是将要做第一次实验的。”

“太棒了！”巴德叫道，“我觉得这个设计有点不同，有点像斥力放大器，我觉得你会这样叫它。”

“我们就这样叫它了，”汤姆说道，“这个名字真不错——当然前提是这个小物件能起作用。”

“别灰心，”巴德鼓励汤姆，“哪个汤姆·斯威夫特的发明关键时候掉链子了？”

“凡事总有第一次，”汤姆回答，“但我希望这次不是。”

乔为两个男孩做了晚餐，吃过后两人继续工作到了深夜。当汤姆终于到家的时候，已经是午夜了。他刚走进前门，电话铃就响了，是政府那边来的电话！

“很抱歉打扰到你了，汤姆。”一个人说道，他自我介绍是威廉姆·罗林部门的内尔·希普顿上尉。“这件事很紧急！根据我们在那里的多个基地发回的报告，极地现在正在经历非常严重的变化。”

“冰块破碎，巨大的浮冰裂开，还有极为明亮的北极光。那里的能量太强大了，一定是发生了极大的核爆炸！”

“好的，我知道了，”汤姆说，“这不是个好消息，但我其实一直在期待这种情况。你们想让我怎么做？”

“立刻去罗林的站点，试着和他说过的太空人取得联系，不管他们是谁！你可以这么做吗？”

“当然。”汤姆毫不犹豫地做出了回答，“我明天早上就过去，把你的电话号码给我，我会向你报告情况的。”

两人交换了号码，汤姆放下电话，和安保部检查了一下，确定这不是一通诈骗电话。不到二十分钟他就知道了，这件事是真的。

早上的时候，汤姆把这个在北极新发生的事件告诉了爸爸和巴德。“我认为咱们今天就应该出发。”

“我这边没问题，儿子，”斯威夫特先生说，“新建高速飞船这个项目的进度目前是提前的，而且建造第一只螃蟹的员工们也会好好建第二只，”他皱了皱眉头，“但是，你的旅行听起来很危险，孩子们，你们要小心。”

两个男孩还未回答，这个年长的发明家就继续说道：“对了，儿子，感谢你那些了不起的计算。你自己的工作都一直这么忙，真不知道是怎么挤出时间来给我帮忙的。”

汤姆说：“相信我，爸爸，你的实验是非常重要的，我很高兴能有机会参与其中。”

“汤姆，你说的这种机会，距离你比想象中更近。”斯威夫特先生回答。

汤姆的好奇心被引起来了，但是他并没有再说下去。

“我去准备好一架小型飞机。”巴德边说边向门口走去。

“等等！”汤姆快速说道，“我们会乘潜艇过去。”

“海底飞镖！”巴德叫道，“为什么用潜艇？坐飞机的话会更快。”

“我知道，”汤姆说道，“但是那些关于冰川破裂的消息，让我怀疑在海底发生了核爆炸。我想对深海中的冰层做一些盖革计数，试着找到引起那些干扰的原因。我觉得在海底比在陆上能了解到更多。”

巴德笑了，说：“我去解冻为寒冷天气准备的装备。”

中午之前，潜艇已经启动，向着寒冷又危险的北大西洋进发了。

“我们现在是去哪里？船长？”巴德问道，“不要只说去北边。”

“按希普顿上尉的说法，”汤姆说道，“最严重的干扰是来自挪威北部斯匹次卑尔根群岛附近的格陵兰海，我们就去那里。”

“直接去深海，对不？好吧，反正这是咱们这次来的目的。”

当天晚上，两个男孩到达极地冰川的时候，汤姆缓缓减速潜艇，慢慢地在那些拥有巨大怪异形状，沉在水中的冰山之间穿行。汤姆做了一系列测试和观察。盖革计数器叫个不停。

“冰非常‘热’。”巴德通过观察说道。过了一会儿他又喊道："船长！看那里，那座冰山的旁边有艘大潜艇！"

这艘奇怪的黑色潜艇比汤姆曾经看到过的任何一艘都要长，船身更加窄，而且上面没有任何记号。当两个男孩对它进行观察的时候，它却沿着冰山边缘默默地开走并消失了。

"从来没见过这样的潜艇！"汤姆很惊奇，"我想近距离看一看。"

他开着船，沿着那艘神秘潜艇留下的踪迹小心翼翼地追了下去。绕了冰山一圈后，他们可以看到那艘潜艇就在远处昏暗的水里，正安静地在冰块之间穿行。

"我们跟着它。"巴德说道。

这是一场奇怪的追逐，像猎犬和野兔一样，由两艘潜艇在昏暗的水下世界、在漂浮的冰山之间进行。

"不知道他们是否知道我们在跟着他们？"终于，汤姆说话了，"咱们船体上涂着的托马塞特涂层使我们不受声波的影响，所以他们肯定是不能用声波定位仪感觉到我们的。"

突然之间，那艘管子形状的潜艇开始向水面浮去。汤姆小心地把潜艇停在了一个可以使用潜望镜观察的高度，并看到他们的目标从水中浮出，在距离斯匹次卑尔根群岛东南部一段距离的一座巨大浮冰岛旁停了下来。

现在，这艘奇怪潜艇的门打开了。一个穿着红色皮衣的男子走到了甲板上，并上了岸。然后站了一会儿，很明显是在寻找方向，在一片白色之中，他的红色皮衣格外显眼。接着他向

岛内走去，并逐渐消失在一个个大冰块之中。

“你觉得他是在这里做什么？这座岛上是不是在谋划着什么东西？”巴德问道，他很困惑。“不管曾经出现过怎样的湍流，现在好像都逐渐消失了。”

“是的，但是有一件事情是确定的，”汤姆告诉巴德说，“我们必须彻底检查这个地方。这意味着我们要到岸上去。我认为值得冒这个险。引起所有极地变化的核设备可能就在这里。巴德，我们可能找到一直在找的地方了！”

汤姆把潜艇沉到海里，小心翼翼地登上了岛。当两个男孩准备离开潜艇的时候，汤姆在考虑那艘大潜艇的船长是否有看到海底飞镖。

“如果他看到了而且是我们的敌人，那他就有可能轻易地把我们带入陷阱，”巴德说道，“穿着红色皮衣的家伙可能是诱饵，我觉得他刚才在岛边，就观察情况而言，站得也太久了。”

“是的。而且他的雪地装，也非常不利于伪装。”汤姆补充道。

两个男孩蹑手蹑脚地登上了岛。几分钟后，小心地穿过了一片冰块林立的区域。拐过一个弯后，他们看到了穿着红色皮衣的男子，就在他们前面。他们还没来到及躲起来，就被男子看到了。这个男子立刻调转了头，并开始跑了起来。

“快追，巴德！”汤姆大喊，并向前跑去。

两个男孩在一堆堆冰块里跑着，不时滑一下，追赶着身穿红衣的男子。最后他们到了一个冰脊的位置，这个时候两人才意识到他们已经到了这个岛的另一边。

在他们的前面，目标正奋力沿着一条冰道滑向海里。滑到底部的时候，他跳了起来，跑向那艘正等在水中的神秘潜艇。很快，他就通过开着的舱口爬了进去，而在他进去之后，舱口立刻关上了。巨大的潜艇沉了下去，几乎没带起一丝波纹。

“咱们差一点就解决了一个谜题。”巴德懊恼地说。

两个男孩从冰脊走了回去，开始搜索这个岛的剩余部分。

“很明显，这里并没有什么基地。”当他们爬上一座陡峭的冰峰，看着这个岛上大部分已经断裂的表面，巴德这样说道。

“是的，很明显没有，”汤姆低声说道，“这只是一个荒废的冰岛，那个穿着红色皮衣的人没理由来这——除非，这真的是个陷阱！咱们赶快回到潜艇那里，快点！”

两个男孩快速跑过崎岖的岛屿，赶向海底的飞镖。

在他们到达之前，惊人的爆炸发生了，整个岛都开始摇晃。冰块四处飞散，锋利的碎片滑过了两个男孩的身体。

“小心！”巴德叫道，一道巨大的裂缝在他们脚下出现了。

第十章 村中的阴谋

关键时刻，汤姆和巴德从裂缝旁跳开了，并疯狂地穿过冰山，向潜艇跑去。他们能顺利通过不断晃动、时高时低的冰面吗？冰块正在破碎，发出隆隆的声音。

当他们接近岛的边缘的时候，看到出现了越来越多的裂缝。在任何时刻，大大的冰块都有可能碎掉然后掉入海里！而他们的潜艇就停在这些冰块的旁边。

“跳！”汤姆叫道，“要不就没有落脚的地方了！”

不用汤姆催促，巴德也得这样做。两个男孩有些绝望地跳了起来，离开了正在蔓延的冰水，落在了潜艇的甲板上。一进入舱门，汤姆立刻将潜艇沉到了水里。

“这个冰岛正在碎裂，我们要躲开，在水下面要比上面更容易。”当潜艇向深海里下沉时，汤姆说道。

“这起爆炸绝不是意外，”巴德气愤地说，“一定是那艘黑色潜艇用炸药引起的。但他们为什么要这样做？到底是谁在背后指挥这一切？”

“可能是那些与我们为敌的太空生物，”他补充道，回答着自己的问题，“你得承认，那艘潜艇的外观蛮奇怪的。”

“确实，”汤姆说道，“你可能说的对。但是坦白讲，我认为那个关于所谓太空生物的故事是个骗局！”

“骗局！”巴德重复了一遍，“为什么？”

汤姆说：“关于罗林讲的那个和外太空生物相遇的故事，有一点让我觉得很困惑。就是他们的技术水平。这些所谓的地球外生物必须在科技上非常先进，才能到达地球这里并在这里存活下来。但是按照罗林的描述，他们的飞船非常破，而这些飞船本可以做得更好。”

“我明白你的意思了，”巴德说道，“事实上，我们旧的挑战者号都可以做到比他们的飞船更好！”

“完全正确，朋友。”

巴德皱起了眉，问：“你的意思是罗林在撒谎？”

汤姆说：“一点也不是，巴德。事实上，罗林讲的应该是实话，只不过有人骗了他！”

“咱们快离开这吧，”巴德提议，“但是我们现在去哪里呢？”

“直接去穆尔迪恩，这样我们就可以直接调查罗林所说的话了。”

在他们离开之前，巴德注意到海中的动荡停止了。

“没有那艘潜艇的痕迹，”汤姆说道，“但我希望能再次追上它。”

几个小时之后，崎岖不平的海岸出现在了汤姆潜望镜的视野中。汤姆小心地驾驶潜艇浮出水面，停在距离穆尔迪恩小山村不远的一个隐蔽的港口。两个男孩尽可能将海底的飞镖藏好，然后上了岸。他们沿着一条窄路进入村子。绕了个弯后，前面一个强壮的男人朝他们走了过来。

“咱们向他问几个问题。”汤姆小声对巴德说道。

这个男人走得足够近了，汤姆问他知不知道罗林家在哪里。一丝惊慌在这个村民的脸上闪过，虽然很迅速，但确定无误是慌张。几乎是立刻，这个表情就被一种迷茫的神情代替了。

“很抱歉，从来没听过这个人！”这个男人回答，并继续走了过去。

“我不信，”汤姆小声对巴德说。“我刚才提到罗林名字的时候，你有注意到他的表情吗？”

“注意到了，”巴德回答，“他的样子就像你戳到了他的痛处一样，这个家伙一定在为某件事情烦恼。他为什么要撒谎说不知道罗林呢？”

汤姆耸了耸肩，表示他也不知道。“咱们再问问其他村里的人吧。”

然而，在穆尔迪恩这个地方，两个男孩的运气并不好。每个人都宣称从未听过罗林这个名字，也没听说过他在这里进行过调查。

“这太荒谬了。”汤姆抱怨道，很明显这里的人都不会泄露他们知道的东西。

“也许，是我们找错了村子，我们来检查一下。”巴德说。

两个男孩坐在一个广场的长椅上，汤姆从衣服中拿出一个文件夹，在里面抽出了地图和纸，经过查看，并没有错误，这里就是正确的地方。

“很明显，”汤姆总结说，“整个村子是在否认他们知道罗林，借以逃避一些东西。可是为什么呢？这里面有什么阴谋？有些事情我们完全弄错了？”

“肯定是！”巴德叫道，“我们又不能强迫他们说话，现在怎么办，机长？”

“罗林不是说过，他在这个村子外面近海的地方有栋小房子吗？”汤姆问道，“我们试着看能不能找到它。”

两个男孩离开了这个小村子，沿着水上的公路向前走去。

“看那里！”当他们穿过一个丛林，看到海的时候，汤姆叫道。“那块水里高高的岩石一定就是罗林说的他遇到外星人的地方！”

“那他的房子一定也在这里的某个地方。”汤姆急切地说。

在岩石下面的斜坡上，可以看到岩石的顶部，他们看到了一幢小小的白色房子。

“那个一定就是了！”汤姆叫道，两个男孩开始沿着山坡向那里走去。

尽管这里很荒凉，汤姆却突然做了一个警告的手势，他和巴德在一块岩石后面藏了起来。他们两个看到一个高个子的健壮男人正在这幢小房子旁边鬼鬼祟祟地转来转去，并试图打开门。发现门是锁着的，他又偷偷地溜到了门的另外一边。

“不管那个人是谁，很明显，他不是这所房子的主人，”汤姆在巴德耳边说道，“我敢打赌，他想通过窗户进去，我们来调查一下！也许最终能解开这个谜题。”

为了不发出任何声响，两个男孩悄悄地走下了斜坡，到了小房子旁边，他们对边边角角仔细地查看，终于发现了一个关着的窗户，但是却没有那个男子的踪迹。

“小心！”当两个人小心翼翼地向前移动的时候，汤姆小声地说。“他可能已经爬到里面去了。”

当两个男孩到了窗户边上的时候，他们透过窗台上方向里面看，这幢小房子是空的。在对着墙的椅子上放着一个公文包，上面有W.R.的缩写。

“就是这个地方，”汤姆以一种几乎听不见的声音说道，“看那个衣柜！那条蓝色条纹的领带，罗林来公司的那天就戴着这条领带。”

巴德说：“就是这条，听！”

巴德拉着汤姆蹲了下来，避免被发现。

“我刚才看到了那个家伙！”他说道，“他在后窗户那里！”

就在这个时候，两个男孩听到了砸玻璃的声音，他们立刻绕着房子的转角跑到后面，抓住了这个入侵者，这个人正要通过窗户爬进去。

这个人被吓到了，大叫起来，并使劲扭着身体想要逃走。两个男孩牢牢地抓着他。

“把你们的手放开！”他叫道。

汤姆说：“除非你先回答我们的问题。首先，罗林先生在哪儿？”

第十一章 两个俘虏

这个入侵者没有办法，只能停止挣扎。他因为害怕，身体抖了起来。

“我不知道罗林先生在哪里，我发誓！”他叫道，“放了我！”

“但是你的确知道罗林先生是谁？”汤姆问道。

“是的，我见过他，”这个男人承认，“但是他已经走了，没有人知道他去了哪里，他已经走了两天了。”

他说：“是这样，我的名字叫鲍比。我认识罗林先生，所以我只是想清理一下他的房子并把他的东西拿到警察部队进行保管。”

“警察部队！”汤姆叫道，“你的意思是警察局？”

“是的，”这个男人有点挑衅地说。“现在我可以走了吧。”

汤姆确定这个人是在撒谎。他想的是，“如果这个人真是这里的官方人员，那他为什么要用这种鬼鬼祟祟的方式进入这幢房子？”

汤姆大声问道：“你有什么证据能证明你闯入这间房子，并把东西拿走是合法的？”

男人说：“没有，但是我是得到了准许的，我不会告诉你们这些陌生人更多了。”

巴德向汤姆眨了眨眼睛，他也不信这个人说的话，他对这个俘虏说道：“依我看，只有警察和消防员才能被准许闯入别人的房子。”

这个男人瞪着他。

汤姆改变了话题，问道：“你最后一次见到罗林先生，是在什么时候？”

“我——我不知道。”这个男人结结巴巴地说。

“你不知道？”巴德怀疑地重复了一遍，“不会吧，你刚才还说他走了两天了，这就说明近期一定有人在这里看到过他。”

他把这个男人的胳膊拧到了背后。

“不要！”斯基恩叫道，“好吧，你们赢了。几天之前，有人看到他向陆地上另外一个村子走去。听着，小伙子们，你们真的想知道什么吗？”

“当然。”

“那就跟着我去海边一趟吧。”

当他们向前走的时候，汤姆和巴德依然抓着这个男人，他指向了岩石尖塔，说："离那块岩石远点，那里闹鬼！"

两个男孩看向那片海，抓着这个男人的手有点松了，趁着这个瞬间，男人倾斜了一下身子，抽出了被他们抓住的手，迅速跑开了，并迈着长长的腿在满是石头的地面上继续奔跑着。

汤姆和巴德追了过去，但是他们的目标领先太多了。他强有力的双腿没一会儿就带着他跑到了路上，在这个满是石头和小山的村庄消失了踪影。

"让他走吧，"最后，汤姆说道，然后又停顿了一下，"我们现在只是在浪费时间，已经抓不到他了。"

巴德问道："不过他到底是谁？他说的话太假了。汤姆，你觉得他是间谍吗？"

"可能是，"汤姆回答，"这点现在还是个谜，咱们先回去再看看那个小房子吧，也许能找到什么线索呢。"

两个男孩沿着山路走了下去，通过已经打破的窗户进入到了白色的小房子里。他们对房子进行了彻底的检查，但是唯一能表明罗林先生曾经在这里待过的证据就是那个公文包。

巴德抱怨道："唉，什么也没有！"

"没有罗林去了哪里的线索，也没有他为什么去的线索。"汤姆补充道。

"我一直有一种感觉，就是我们漏掉了一些东西，汤姆，"巴德说道，一边对床附近进行着检查。突然之间，他吃惊地叫了起来。

“是什么，巴德？”汤姆叫道，同时跑了过来。

“看这个！”巴德指着墙说道。

在罗林立起来的枕头后面是白色的墙体，上面画着一个奇怪的符号——是一幅结合了绘画、文字与字母的图案。

“这是一种密码！”汤姆叫道，“要是我们可以对它解密就好了！我想知道这个蛇形符号代表的是什么意思。”

他仔细地研究了这个用铅笔画出的图案。“这可能是罗林用来和我们的政府进行交流的密码，”汤姆说道，“但他为什么要把它画在墙上，还要用枕头遮住呢？”

“我们都不知道，是不是他把枕头放在这里的。”巴德说道。

汤姆表示同意，就在这时，他扫了一眼窗户，发现斯基恩正趴在那里看着他们！然后就消失了。

“巴德，我们快去追他！”汤姆叫道，跳出了窗户，他的伙伴在后面紧紧跟着他。

斯基恩已经登上了满是岩石的斜坡。两个男孩继续追着，但是再次徒劳无功，这个男人又消失在了村子里。

“如果再有几次这样的追赶，我们就能完全了解这个山坡的情况了。”当他们回到了小房子之后，巴德喘着气说。

汤姆回答道：“好吧，斯基恩是跑得很快。而且，他看到了我们在查看墙上的标记，所以他肯定知道一些东西。我想，

VIKING STEPS

如果我们想要阻止他或者其他任何人读到这些符号，我们就要领先他们一步。”

汤姆拿出了他的笔记本，小心地画下了这幅神秘的图案，然后就把原始的图案使用签字笔从墙上划掉了，然后把枕头放回了原处。

与此同时，巴德在一个柜台上发现了一张当地的地图。他把地图在床上展开，并研究了起来。

最终他说道：“汤姆，看，这里离下一个村子并不远。我们为什么不走到那里，然后看能不能打听到关于罗林的信息呢？斯基恩说罗林就是去了那里。”

“这主意听起来不错，”汤姆回答道，“但为什么你觉得斯基恩说的这句话是真的呢？他说的其他话都那么假。”

“这也可能是假的，”巴德承认，“但我们在这里也做不了什么了。而且，如果我们在下一个村子也找不到任何线索，我们也可以把整件事情和那里的警察说说。”

汤姆同意了，他说：“不过，在我们走之前，我们最好把这个破了的窗户挡起来，巴德，你看能不能找到一些板子和工具。”

巴德在小房子的后面找到了一个工具箱，还有一些木材。两个男孩匆忙地将一些板子钉在了破损的窗户上。

在离开之前，汤姆和巴德看了那座岩石尖塔很长时间。“我们会回来的。”汤姆对这块巨大的岩石承诺说，这块大石头看起来很平静。

当两个男孩沿着海岸旁的公路，向下一个村庄出发的时候，已经快晚上了。不久之后，公路走完了，进入到小路中，两个男孩从海边走到了多山的村庄之中。

天气很温和，所以两个男孩很享受这种走路的感觉。在很长的一段时间里两个人都没有说话。最终，汤姆说出了整个下午他脑中所想的东西："你觉得，斯基恩为什么要冒着风险回到小房子里呢？我们一定是让他，还有其他的村民对我们的调查感到焦虑了。"

巴德笑了，说："我们就让他们继续猜下去吧。"

现在，他们所走的小路到了一个多石的峡谷深处，充满了各种植物。两个男孩在里面走的时候，路变得越来越窄，越来越暗。

"巴德，你说，你确定我们走的是正确的道路吗？"汤姆忍不住问道，"这条路看起来好像是条死路，而且植物越来越茂密，越来越乱糟糟的了。"

"你可以这么说，"巴德看着峡谷周围小山的尖顶说道。"但是这条路是在地图上标着的，所以我确定，我们就是要继续走下去。"

两个男孩走得更加小心了，突然汤姆举起了手，停了下来，仔细地听着。

"怎么了，机长？"巴德小声问道。

"我发誓，我听到了有人在跟着我们，"汤姆回答道，他蹲了下来，把耳朵贴在地面上。然后站了起来，“现在听不到什么声音了。”

两个男孩继续向前走。他们已经沿着一条干涸的窄窄小溪走了一段时间了，汤姆再次停了下来。

“现在我很确定，”他小声地说，“有人在跟着我们！”

“要甩掉他吗？”巴德问道。

“等到了合适的地方再说，”汤姆说道，“可能不止一个人。”

在这条窄路的下一个路口，他们看到了一座石桥，横跨在他们一直在穿越的这道峡谷两边。汤姆示意巴德靠近他。

“这里就是合适的地方，”他在巴德耳边说道，“咱们藏在石桥的下面，看能不能看到是谁在跟着我们。”

两个男孩快速跑过河岸，藏在了桥下面的黑暗之中，紧接着，突然出现了强壮的手臂，把他们两个都抓了起来！

第十二章 墙上的符号

汤姆和巴德使劲地挣扎，但是没有用。他们只有两个人，对方却有三个，在人数上吃亏。这几个强壮的袭击者把他们俩摁在了墙上。

“好了，你们是谁？”汤姆问道。

就在这个时候，从峡谷的两边传来了爬行的声音。这个小组的第四个成员出现了，就是鲍比，汤姆和巴德在小房子里看到的大家伙。“风水轮流转，哈？”斯基恩嘲笑着他们。

汤姆毫不害怕地看着他。“我想知道这是怎么回事。”他接着问道。

“我想的是让你们这些手臂强壮的家伙放开我。”巴德叫道。

“好了，小伙子们，我来告诉你们是怎么回事。”斯基恩回答，“你们得离开这里，忘了你们的朋友罗林先生吧，而且关于这件事，你们要保持绝对的沉默。”

“这是不可能的！”汤姆反驳，“我们不会忘掉的，你知道这一点。而且，你把事情搞错了，我们不是罗林先生的朋友，我们是A国政府的代表，所以，我们会尽全力找到他！”

这个男人似乎失去了勇气，他的脸上出现了明显的沮丧之情。

“没用了，”斯基恩对他的同伴说。“如果这两个家伙是来自他们的政府，我们用这种方式就吓不到他们。”

“你说得太对了，鲍比，”巴德插话，“所以赶快让我们走，而且坦白了吧。”

“我们应该这样做，”其中的一个袭击者低声说道，“我们这种方式是做不成什么的。”

这些人释放了两个男孩，汤姆说道：“你们到底遇到了什么问题？也许我们可以帮助你们。”

几个袭击者交换了一下眼神，说：“你怎么知道我们遇到了问题？好了，不管了。”

斯基恩继续解释着：“我们最后一次看到罗林先生的时候，他正去往岩石尖塔，从那以后就再没人见到过他。我们担心他被带走了，而且永远也不会被带回来！”

在一个瞬间，两个男孩懂了为什么整个村子的人都表现得这么奇怪。每个人都像罗林描述过的那样被带走过似的，所以他们才会特别害怕。

“你们为什么要否认你们认识他呢？”巴德问道。

“你还没看出来吗？”斯基恩继续说道，“我们不能再让人去调查那座岩石尖塔，或者罗林的失踪了。每个人都害怕这样会惹怒那些外太空生物，他们曾经警告过我们要远离他们，让他们自己待着！”

“唉，”这个小组中的另一个成员叹道，“整个村子的人都在害怕，他们不想让你们俩四处查看了。为了阻止你们这样做，每个人都假装不知道罗林先生。”

“关于罗林先生，我们很抱歉，小伙子们。但我们想，被抓走的要不是他，就会是我们了。”

“但你们想的是永远也不提这件事吗？”汤姆问道，“你们就没有想过，最终总会有人想起罗林先生，然后开始找他？”

“你是对的，当然了，”斯基恩承认了，“但我们当时都吓坏了——现在还依然很害怕。而且，反正最近的警察局也在彼得黑德。罗林先生的失踪还没有引起当局的注意，就我们知道的而言，还没有引起任何人的注意。我本来是去清理他的房子的——清除掉任何他曾经存在的痕迹！就在那个时候，你们俩来了。”

“我们很幸运。”汤姆说道。

“总之，我通过告诉你们罗林先生是往这个方向来，把你们两个骗到这条峡谷里，”斯基恩继续说道，“然后，等我离开了小房子之后，就告诉了他们三个关于你们俩的事。”

巴德说：“然后，他们三个就匆忙赶到了这里，躲在桥下等着我们，非常聪明。我们也算是帮你了，直接掉进了你的陷阱。”

“在前面的时候，我们听到的跟着我们的人，就是你了？”汤姆问斯基恩道，后者点了点头。

“好了，事情现在说明白了，”斯基恩闷闷不乐地说。“我们应该怎么办？我知道不能指望你们俩把这整件事给忘了，但是我们希望你们不要把这件事报告给当局。如果你们这样做了，就会出现对岩石尖塔的大规模调查，谁知道到时候会发生什么事？那些太空生物可能会把我们都消灭掉。”

这个男人的声音中传递出了一种真实的焦虑。即使汤姆自己相信关于这些太空生物的说法是一个巨大的骗局，他也不期望能够说服这些村民相信这一点。另外，不管是不是骗局，在那里也在发生一些异常的事情。很有可能这些村民正处于真正的危险之中！

“别担心，”汤姆安慰斯基恩说，“我们现在不会对当局说任何事情，就巴德和我对这件事情进行调查——而且我们会非常小心地进行的。”

这四个男人看起来放松了一点。“我猜这是你们一定要做的，”斯基恩说着，他的脸上有一丝苦笑，“我们不能把你们留在这里。”

汤姆和巴德迅速回到了他们来这里之前的地方——罗林的房子里。

“噢，噢，”当他们走下现在已经很熟悉的斜坡时，汤姆小声说道，“这里有人来了。”

他指向小房子的后窗户。他和巴德钉上了板子的地方被打开了！两个男孩小心地接近，但是周围却好像并没有人，他们两个爬了进去。

“汤姆！”巴德叫道，他在汤姆的前面，“盖在符号上面的枕头被移走了！有人进来看过符号！”

汤姆笑了，说：“我猜这件事和斯基恩有关，他看到我们研究那些符号了，还记得不？也许他想到了这些符号是条线索，可以借此找到罗林的下落，所以当他自己在跟着我们的时候，他又另派了个人过来要把符号抄下来。”

巴德也笑了，说：“幸好你把这些符号划掉了。”

“是的，”汤姆表示同意，“当我把它抄到本子上的时候，也记在了脑海里，要知道，我的本子也是有可能出问题的。”

汤姆把本子从口袋里拿出来，两个男孩又一次仔细研究起这些密码，但是仍然一无所获。

“好了，朋友，”汤姆最后说道，“天已经晚了，我们去村子里吃点东西吧？”

“你终于说到重点了，”巴德说道，“我猜你是想在风笛的伴奏下吃点肉馅羊肚吧。”

汤姆做了个鬼脸，“你知道在羊肚里面都有什么吗？有羊的心、肺和肝脏，切碎了加上板油、洋葱和燕麦片，然后在动物的肚子里煮熟的。”

巴德也做了个鬼脸，说：“我还是吃肉饼好了。”

当两个男孩在穆尔迪恩一个小旅馆的饭店中吃炖羊肉的时候，汤姆向服务生询问了维京足迹的事情，他以为还会遇到茫然的表情，但是让他高兴的是他想错了，这个服务生女孩知道的事情特别多。

“斯基恩和他的同伴一定传出了话，让其他人和我们合作。”汤姆这样想。

维京足迹原来是一排巨大的岩石块，沿着山坡一路排列到海边，最下面的是一块狭窄的岩石，连接着那座岩石尖塔和陆地，当海潮处于低位的时候，就可以见到。

“当潮汐涨起来的时候，”女孩继续说道，“水会非常快地漫上来，淹没连接处的石头，将尖塔与陆地断开。”

“如果你们去那里的话，一定要非常小心，”她警告道，“当海水铺面而来的时候，会非常有力量，而且涨潮的时间是难以预料的——有时早些，有时晚些，这要看风了。”

汤姆和巴德对她表示了感谢，并离开了饭店。他们立刻到了潜艇上面，在那里汤姆用无线电和罗林在政府的长官取得了联系，他告诉这个官员，年轻的气象学家消失了。

“巴德和我正在调查这件事，”他补充说道，“等我们找到一些答案的时候，就和您联系。”

然后汤姆和他说了那些神秘密码的事情，并告诉他这可能是罗林留下的。

“这不是我们的密码，”这位官员说道，“我会让解码的人员对此进行研究的，一旦破解了，我会告诉你们。”

汤姆结束和这个人的对话后，和巴德一起上床睡着了，尽管他们非常担心罗林的状况。第二天早上，他们做好准备，打算去尖塔那里看看。

“我觉得我们最好带上这些东西。”汤姆说着，从潜艇的储藏室里拿出了两套防毒面具。

“干什么？”巴德问道。

“你还记得罗林说的他和外太空的人相遇的时候吗？他开始的时候闻到了奇怪的味道。我想为任何事情做好准备。既然说到了这个，我还有些其他的东西，可能会派上用场。”

他走进实验室里，回来的时候，手里拿着两台特别设计的微型磁带录音机，这两台录音机是嵌在戒指中的。

“给你，”他说着，递给了巴德一台，并把另外一台戴在了自己的手指上面。“来自圣诞老人的礼物！”

“所以，这个老人最近一直住在离我们很近的地方。”巴德打趣说。

汤姆大笑了起来，接着说道：“两次低潮的间隔时间大约为十二个小时，所以我们至少要在尖塔上面待这么久。我们要带着手电筒和食物。”

两个男孩匆忙赶到他们昨天晚上去的那家饭店，在那里吃了顿丰盛的早餐，包括燕麦粥、鸡蛋、鱼，还有苏格兰燕麦饼。应汤姆的要求，厨房又给他们打包了足够吃两顿的食物。

半小时后，海潮的水位降低了。两个男孩安全地穿过了维京足迹最下面的那块连接石，这个早晨的大部分时间，他们都用在了攀爬这块巨大又陡峭的岩石上面，一边跟着岩石投射的影子向上爬，一边仔细地检查。有一两次，在最为陡峭险峻的位置，汤姆都以为已经到晚上了，但是太阳耀眼的光芒又让他不确定起来。爬到了顶上的时候，两个人坐了下来，眺望着大海。

“好吧，到现在为止还没有什么发现，”汤姆失望地说，“没有罗林和任何人的踪迹。”

“是没有，不过你看这个景色多美呀，”巴德笑着说，“好了，要不要吃点午餐？”

“我就知道，你肚子里的闹钟要响了。”汤姆笑道。

吃过饭后，两个男孩开始对这个荒凉又陡峭的尖塔下面一点的位置进行仔细的探索。任何可以爬行的地方，他们都进行了勘察，但是什么也没找到。两个人都是又累又脏兮兮的，而且还很沮丧。

“我们在这里做不了什么了，”汤姆嘟囔着说，“但是我们得等到潮退了，才能回去。”

“我们休息一会儿吧。”巴德疲倦地说。

两个男孩刚要坐下，突然听到他们身后传来了一阵嘶嘶的声音。汤姆立刻回过身，并按下了磁带录音机，两个男孩都抓起了他们的面具，但是一种奇怪、刺鼻的味道已经把他们包围了，他们的手无力地放了下来。

在他们头顶的石头上，他们看到了两个巨大的生物，有着尖尖的头和空白的金属脸庞，他们铜做的身体在太阳下像火焰一样闪着光芒。这两个家伙看起来很像奇异的太空生物！两个生物飞快地伸出了手，深色的薄雾从他们的指尖飘了出来。

汤姆和巴德试图戴上面具，来抵抗这种气体，但是没有用了，他们倒在了地上！

第十三章 毒龙的球体

好像是到了黄昏，周围一片朦胧。汤姆逐渐恢复了意识，他感觉到身边有人存在，还有闪烁的光芒。他知道自己正在经历的是罗林曾经描述过的半昏迷状态。

年轻的发明家感觉是在进行太空旅行。在他的最后记忆中，他被警告要远离那座尖塔，然后就完全晕了过去。

当汤姆醒过来的时候，他意识到自己正躺在维京足迹上面，离陆地不远。海浪就在他的下面拍打着，巴德躺在他的背后。

“唷！”巴德发出声音，并坐了起来。“这可真是次难忘的经历，难怪村民们都这么害怕呢，我猜你经历了和我同样的事情吧？”

“我觉得是，”汤姆回答道。描述了一下他的奇怪感觉，“还不止，”他继续说道，“我确实感到了剧烈的头痛。”

“我也一样，”巴德小声说道，“我们去罗林的房子里睡一会儿吧，对了，你觉得咱们出来了多久？”

“大概十二个小时吧。”汤姆说。

两个男孩去了罗林的房子里，并立刻睡着了。他们醒来的时候，已经是中午了。

“你觉得怎么样，巴德？”汤姆问道，困倦地伸着四肢。

“挺好的，”巴德打了个哈欠说，“基本上又回到人的状态，可以客观描述下这件事情了。”

“我必须得说，”汤姆表示承认，“这一切都看起来很真实，这趟太空旅行也挺让人难忘的，那些奇怪的人看起来也足够真实。”

“仍然觉得这是个骗局？”巴德问道。

“比以前更确定，”汤姆说道，他咬了咬手指，“我忘了咱们的戒指录音机了，那些金属人把咱们的防毒面具和手电筒拿走了，但是我猜他们并没有检查我们的戒指，不然也会把它们拿走。我现在打开了我的录音机。我们可能能够发现我们的敌人是谁了。”

他赶忙按下了这台小录音机上的回播键，录音的回放开始展示出他们在尖塔上那些可怕经历的真相，两个男孩聚精会神地听着。

开始的时候传来了抱怨声，还有些奇怪的声音，接下来就是抓住他们的人发出的尖锐声音，警告他们要远离尖塔，除了当时闪烁的光外，其他的都录在了里面。

“我等不及要听下一部分了，”巴德说，“听听我们晕过去之后发生了什么。”

抓住他们的人的声音继续响着，汤姆和巴德仔细地听着。

现在，对方的人声却发生了变化，威胁意味减少，更加趋于谈话的感觉。那些人开始讨论他们怎样伪造一个太空旅行，并为自己的聪明笑了起来。

“汤姆，你的感觉太对了，”巴德快速说道，“这确实是个骗局！”

汤姆抬起了手，“你听！”他说道。

其中的一个人说道，“这些不同的药功效也不同。第一个能使我们的目标快速昏迷，另一个使他们半昏迷，最后一个可以使我们结束之后让目标昏迷一段时间。”

“好，”另外一个声音插了进来，“再加上音效和晃动的机器——好莱坞都比不上咱们！”

“咱们应该收入场费。”第三个声音说道。

周围的人听到这句话，发出了一阵大笑声，接着他们就开始兴奋地讨论在这场游戏里每个人应该扮演的角色。从他们的谈话中可以知道，他们的金属身体仅仅是服装做成的。

“从声音的数目来看，”汤姆说道，“在尖塔上至少有六个人。”

录音机继续透露着秘密，这是一个由国际科学家犯罪团伙所设计的巨大阴谋。他们聚到一起，成立了一个名为毒龙的组织。毒龙这一缩写代表的意思的是“外星统治者重要联盟”，这一组织的目的不是别的，就是统治世界！

“现在我们知道罗林留下的密码中的那个蛇形图案代表的是什么了。”汤姆说道。

“他们打算怎样统治世界？”巴德问道。

汤姆摇了摇头，说：“嘘，你听！”

录音里传来毒龙正在制定一个邪恶的计划，把一颗巨大的球形的卫星放入一条轨道之中。这一发明将能够看到、听到任何它关注的东西。而且它将会带有死亡射线！

“我的天哪！”汤姆不自觉叫了出来，“我们必须得阻止他们！”

“天，那些人是什么恶魔啊！”巴德也不禁喃喃自语。

“怪不得他们要设计太空飞行，把每个人都从这里吓走！”汤姆说道，“他们以为自己能避免尖塔被发现，因为人们会因为害怕而不敢谈论它。”

随着录音继续播放，两个男孩知道罗林现在被毒龙俘虏了。

“我们要留在这里，把他救出来！”汤姆发誓。

现在两个男孩知道了，正在尖塔上秘密建造的球体将会从地球上的一个控制单元进行发射。

录音放完了，巴德说：“我们快点去找罗林吧，任务很艰巨呀。”

汤姆点了点头，说：“还要在球体建造完成之前把它抢过来。”

“汤姆，别忘了控制单元，不管它在哪儿。对了，你觉得他们在岩石里面有没有什么秘密基地？”

汤姆说：“我觉得有。但是很明显在岩石的表面没有入口，巴德。”

“你说的对，”巴德说道，“问题是，入口会在哪里呢？我们怎么找？那可是一大块岩石。”

“我知道，”汤姆说，“我一直在想这个问题，我也一直在想罗林床边那些神秘的字母和文字。也许进入基地的方法就是要通过维京足迹。”

“汤姆，一定是这样！”巴德高兴地叫道。

汤姆继续说：“这个晚上，等天色完全黑了，快要退潮的时候，我们去维京足迹那里调查一下。”

巴德望着天空，说：“你觉得我们和官方人员联系一下，让他们对尖塔安排一次突袭怎么样？”

汤姆摇了摇头，说：“带着金属面具的那些人肯定有一套警戒系统，而且一定是非常先进的。他们也一定会有紧急逃生口。等到警察找到路进去的时候，毒龙的那些人肯定早就已经逃走了。警察们反倒有可能被那些有毒的气体给放倒。”

“也是，”巴德说道，“要拿下这帮人，必须得出其不意。这就意味着我们得找到隐藏的入口。”

“今晚我们就去找，”汤姆回答道，“与此同时，我要再用一下罗林的床，我还是不太相信那个既强壮又热心的男孩。”

这个下午的剩余时间，他和巴德就在罗林家里休息。到了晚上，两个年轻人的活力已经从前一晚的经历所带来的疲倦中恢复了过来。

巴德伸了伸胳膊，从床上坐了起来。他说："我们走吧，机长。毒龙，你给我小心了！我可要结束这场捉迷藏的游戏了。"

汤姆大笑了起来，说："你的酷劲回来了，不错。我刚还想建议先去吃顿晚饭，不过既然你这么厉害——"

"等等！"巴德叫道，坐了下来，"我还没那么厉害呢。"

他们在房子的橱柜里找了些罐头吃了，简单搞定晚餐后，太阳的最后一丝余晖也从天空中消失了。到了晚上九点半的时候，这个小村庄已经被黑暗笼罩。两个男孩静静地走下了那些像台阶一样，通向了海里的岩石。

"你觉得咱们应该从哪里开始找起呢？"当他们两个向下走的时候，巴德问道。

"我有一种感觉，通向尖塔的入口很可能就在最底下的台阶附近，"汤姆回答，"总之，我们可以从那里开始寻找。"

"月亮太亮了，这不太好。"巴德说。

"刚才都圆了！"汤姆说道，"我们有足够的光可以用，咱们的敌人也是。"

"我们还是动作快点吧。"巴德催促道。

很快两个男孩就到了海水的边缘，开始探索维京足迹的最底部。这一行动很危险，巨大的岩石块又湿又滑，许多石头上面还粘着黏糊糊的海洋生物和杂草。两个探寻者爬来爬去，推着台阶最下面的每块石头，想要寻找到可以移动的岩石，或者隐藏的入口，但却徒劳无功。

“我们好像没什么进展，”当他们爬到了第二层台阶上并开始在一侧晃动它的时候，巴德说道。

突然间，汤姆发出了压低的惊喜声音。他感觉到了岩石的轻微移动！

“这可能就是我们在找的东西！”汤姆兴奋地说，又使劲推了起来。

岩石台阶开始轻微地动了起来。在岩石的后面有一条通道！两个男孩用从罗林的房子里找到的手电筒照着，向里面看。里面黑黑的有点可怕，但是是空的。

“我们进去吧。”汤姆小声说道。

巴德从这个窄窄的入口进入的时候，汤姆在外面水草覆盖的岩石表面滑倒了，磕在了晃动的岩石上面。

突然之间，巴德发出了压抑着的痛呼声！正在缓慢关上的岩石夹住了他的脚！

“快把我弄出去！”他喘着气叫道。

汤姆把手摁在岩石上使劲地推，想要把巴德弄出来，但是岩石一动也不动！

第十四章 敌人的实验室

快要没时间了。月亮正在上面明亮地照着，这意味着，如果周围有瞭望哨存在的话，那他们很快就会被发现。

汤姆和巴德使劲推着卡住的岩石，但岩石就是不动。巴德的脚紧紧地卡在岩石缝里，让岩石失去了平衡，原来轻轻一推就可以使岩石晃动，现在却完全移动不了！

“咱们一起用力，用最大的力气。”汤姆说道，他的牙关紧紧咬紧起来。

汤姆努力使自己的脚在光滑的岩石上定住，并用最大的力量推了起来。一段痛苦的时间过去了，他的努力好像完全没起作用。然后突然之间，巨大的岩石向外移动起来！巴德深深地呼了一口气将脚抽了出来，他赶快按摩着受伤的脚。

“快点！”汤姆催促道，“快进通道里面去！”到了里面之后，他小声问道，“巴德，你的脚怎么样？”

“感觉没太大问题，应该是因为我的鞋比较厚，所以脚趾才没被压折。”

两个男孩向四周看了看，发现这条窄窄的潮湿通道是通往下面的。两人小心地向下移动着，不久后，斜坡慢慢变平了。

“我们一定是在通往尖塔的岩石内部。”汤姆小声对巴德说。

“我也是这么想的，”巴德也小声地回答，“这地方太可怕了，你觉得这条通道是原本就存在的吗？”

“可能是维京人砍出来的，”汤姆回答，“有一件事情是可以确定的，那就是这条通道已经在这里存在很久了。”

“我想知道的是，毒龙的那帮人会不会用它。”巴德用一种几乎听不到的声音说道。

“有可能用，”汤姆回答，“很有可能的是罗林发现了这条通道，从这里面出去，然后就被抓住了。”

两个男孩沿着平坦的地面走了很长一段距离。然后地面开始以一种角度向上升，开始的时候角度还比较小，后来就越来越陡。

汤姆一直在用他的手电筒照着周围的岩石墙壁。“我在找咱们从罗林的枕头后面发现的那些密码图案，”他说道，“如果这些图案是属于毒龙的，可能就会写在或刻在这里的某个位置，我们就可能找到关于这些密码意思的线索了。”

“好主意，”巴德小声说，接着他又补充道，“我觉得我们是在向尖塔那里走。我想知道这条通道离峰顶还有多远。”

一会儿过后，汤姆停了下来，“快看那个！”他叫道。

在他们头顶不远的位置，隧道停止了，终点是一扇橡木做的门。在门的中央有一个大大的铁环。

“好吧，这扇门倒挺古老的。”巴德说道。

“可能是维京人做的。”汤姆也同意。

巴德笑着问道：“现在咱们怎么办？直接过去敲门？”

汤姆也笑了，“如果我们幸运的话，可能没人在家呢。”

两个男孩悄悄地爬完了最后一点距离，汤姆把他的手电筒关了。他抓住这个巨大的门环向外拉，门打开了，显示出一个建在岩石上、房顶高高的屋子。一束明亮的月光从有点粗糙的窗户上射了进来。屋子里没有人，但是在屋子的周围却堆满了一排排闪闪的物体和装备，包括有着画板的工作台。

“汤姆，快看！”巴德说道。

“我在看呢，”年轻的发明家轻声回答，“那边那些巨大的金属块很明显就是那个邪恶的球体上面的部件，也就是录音里的那些人说的那个球体。”他指着一个看着很恐怖的球茎状圆孔说：“我敢说死亡射线就是要从这个地方射出的！”

两个男孩走向了一堆堆的零部件，并开始仔细对它们进行检查。那个致命的圆孔设备吸引了汤姆的注意力。巴德催他赶快检查这个像洞穴一样的屋子的其他地方。

两个男孩想要找到那些密码图案，但是没成功。他们却找到了一排粗糙的脚步印，是雕刻在岩石墙壁上面的，这些脚印引向了这个屋子天花板上的一个大洞。

“可能上面有一个房间。”巴德说道。

两个男孩顺着那个洞悄悄地爬了进去，里面是一片黑暗。汤姆拧亮了手电筒，他们现在进入到了一个没有窗户的房间。

“是个实验室！”巴德压低声音叫道。

“这里就是进行那些太空飞行的地方。”汤姆猜测。

他指着一个上面有带子的沙发，这个沙发就像火箭里的那种加速椅一样。

“没错，这就是那个地方。”巴德说道，他指着一个角落，那里的地板上放着一堆能够发出各种音响效果的机器。

“汤姆，这个地方感觉像被荒废了，你就不觉得奇怪吗？为什么呢？”

“我猜应该是和潮汐有关。”汤姆回答。“我们在这里的时间比你想象的要长，很快就要涨潮了，因为今晚是圆月，所以潮水的水位会更加高，别放松警惕，朋友，”他笑着补充道，“我可不觉得咱们能那么幸运。”

突然之间，他停下了，并惊奇地盯着一张石桌上的物体看着。那是他的X光！他赶忙跑了过去，把这台像是大炮一样的设备拿了起来，但是这个东西的重量却变得非常轻，和它的大小简直不符。

“这是我的高速飞船上面的，”他边检查这个东西边说道，“看，在它的底部还有飞船的名字呢。”

“所以是毒龙的人偷走了我们的飞船！”

“更糟糕的是，”汤姆说道，“他们一定想要高速飞船，因为里面的飞机库舱口正好可以用来发射他们的球体！”

“这下好了！”巴德说道，“他们想了个计划，要征服世界，而我们却给他们提供了装备，让他们的计划成为可能！另外，他们还偷走了X光，让我们无法反击。”

“是挺讽刺的，”汤姆说，“但是他们现在还没有发射球体，而且，如果我们做些手脚的话，他们就永远也发射不了了！”他拿起了X光，“我们先让这个东西失效。”

“我去拿把锤子。”巴德说道，他在一个工具台上发现了一把。

“不，”汤姆快速说道，“如果那些人回来看到这个东西被砸碎了，他们就会知道我们已经找到了他们的藏身之地。他们会迅速撤离——很可能在我们和官方人员一起到这之前。我要以一种他们发现不了的方式来做这件事。”

年轻的发明家弯腰看着这台致命的设备，他从口袋里拿出小刀，飞快卸下了这个东西上面的一个零件。对这个设备的内部做了一些轻微的调整后，他又把各个零件给装了回去。

“这样就可以了。”他说道。

“这上面还有个房间。”巴德说道，他注意到在头顶的位置还有一排岩石台阶，在台阶的顶端有一个天窗。“我们要不要进去看一看？”

“不了，”汤姆说道，“咱们再快速检查一遍看有没有那些密码图案，然后就出去。我们得通知警察把这些人包围起来，然后拿到那个巨大的球体。”

“没错，”巴德表示同意，“早晚会有人出现在这儿的，咱们不要再拿自己的运气打赌了。”

两人迅速地找了一下，没有发现密码图案。于是沿着原来的台阶走了下来，穿过了一个洒满月光的房间。

汤姆推开那扇厚重的门，停下来听了听，他们听到有声音从下面的通道传了上来！

“我们太晚了！”汤姆说道，“快，趁还有机会赶紧藏起来！”

他把门关上，和巴德一起快速跑到这个大房间的另一边，在球体旁边，墙壁上一个突出的东西后面躲了起来。他们刚刚藏好，六个男人就进入了这个房间。

“没准我们现在能多知道些关于这群人的事情呢。”汤姆想着。

过了一会儿，一个带着有框眼镜的高大男人用英语说话了，“好，我们到画板这边来，斯汤博士等着那些素描画呢，潜艇会把这些东西带给他，所以让我们把这些画完成吧。”

“斯汤博士！”巴德小声对汤姆说，“这家伙是谁？”

“我不知道，”汤姆回答，“但很明显的是，他在这个圈子里地位很高，他很有可能是控制单元的人。”

两个男孩专心地听着。他们了解到这些人刚刚乘坐潜艇从那个单元里回来。汤姆想知道这个单元的位置，但是这些人并没有提到。

这几个人分别走向了各自的工作台，来完成给那个神秘的斯汤博士画的画。那个高大的男人拉下了黑色的窗帘后，这几个人都打开了他们工作台上有点暗的灯光。

安静了一会儿。然后其中的一个人对另一个人说："那艘年轻发明家的飞船怎么样了？"

"你说的是我们拖走的那艘高速飞船？"他的问话对象回答，"我听说对这艘飞船的修复工作进行得不错，不久后就可以飞了。"

汤姆听到他们提到自己被偷走的飞船，身体僵硬了起来。

"汤姆，"巴德以一种极小的声音说，"你听到了吗？"

"当然了，"年轻的发明家轻声回答，"这意味着我们得赶快离开这，如果我们还想及时向官方发出警报的话。"

汤姆向四周看了看，想要找到一条离开这个球体房间的路，但他很快就发现，除了通往隧道的那扇门之外，并没有其他的出口。两个男孩只能等有机会再溜出去。

很快，从潜艇上回来的这些人中，多数都关掉了他们桌上的灯，去了上面的实验室里。只有两个人还在画板前工作，一个是那个高高的男人，另一个是个强壮、肌肉发达的家伙。

汤姆小声抱怨道："为什么非要剩这两个？"这两个人的座位都在门的旁边！

"咱们不可能从他们俩身边溜过去。"巴德小声说。

一个又一个小时过去了，两个男孩躲在这个狭窄的小地方，身体都麻了。在度过一段漫长的时间后，那个高高的人扔掉了他的铅笔，站了起来并伸了个懒腰。他走到窗户边，把窗帘拉了起来，东边的天空已经开始泛亮了。

“估计他们是完成了。”巴德小声说，他感觉有了希望。但是这个男人又走到了他同伴的旁边，两个人小声地商量起了他们的图画。

不久后，太阳升起来了，明亮的阳光洒满了这个大大的房间。汤姆无意中扫了一眼球体，他的脉搏瞬间加快了，他惊骇地看着这个东西，两个男孩和他们的藏身地都被清晰地反射到了球体明亮的圆孔上。

汤姆捅了捅巴德示意他看，这个时候那个强壮的男人打了个哈欠并伸了下胳膊，他转头看向了球体，两个男孩吓得屏住了呼吸。

突然之间，这个毒龙的成员停住了他的动作，他盯着球体看了一会儿，然后，在明白了眼下的形势后，大声叫了起来。

“他看到我们了，”汤姆低声说，“我们现在就走，德！”

两个男孩从隐藏的地方跑了出来，疯狂地冲向门口，躲避着那两个试图挡住他们的男人。他们两个差点就成功了，但在这个时候，其他坏蛋从上面的实验室跑了下来，他们一起把汤姆和巴德撞倒在了地上！

第十五章 绝命逃亡

这些人把汤姆和巴德拉了起来，其他人从上面的实验室跑了下来。

“咱们把这些聪明的家伙弄到考德那去，”其中的一个人说道，“他在瞭望哨那里。”

汤姆和巴德被抓着爬到了最顶端的那间小屋子里面。

“好嘛，好嘛，”当两个人通过地板上的入口被推进房间里之后，一个冷酷的声音响了起来，“这不是汤姆·斯威夫特嘛，这世界真小啊！”这个说话者脸上长着胡子，看起来很精明。

“你一定就是考德了，”汤姆说道，“你怎么知道我是谁的？”

“你可是个名人啊，”考德回答，“所有毒龙组织的成员都有你的肖像，就是为了这种情况的出现。我们想抓你，也不是一天两天了。”

“好吧，”汤姆说道，“你们想怎么样？”

“首先，我要联系控制单元请示一下，”他露出个不太友好的笑容，然后又补充道，“我猜要你做的第一件事情应该就是和斯威夫特公司联系，取消建造新的高速飞船的工作。在那之后嘛……”

他的话没有说完，而是再次笑了起来，但这种笑容依然是冷冰冰的，令人一看就觉得恐惧。突然他站了起来，打开地板上的木门，然后用一只手拉住了头顶的门把它关上，然后就走了下去。过了一会儿之后，两个男孩听到了啪嗒的声音。

“这个门估计是锁上了，我敢打赌。”汤姆小声说，他试着把门打开，但是做不到。

“这些人一定是有我们的档案，”巴德说道，“感觉他们知道我们做过的所有事情。”

“别忘了，在公司里可一直有他们的间谍，还不止一个呢。”汤姆回答。

巴德点了点头，“既然笑的古怪的那个家伙已经走了，我们看看能不能从这里逃走吧。”

两个男孩四处看了看，在一面石墙上有一个窄窄的窗户，汤姆猜测，这应该是维京人凿出来的，以便远距离观察海上的情况，发现可能潜在的敌人。

两个人的想法一样，他们走到了窗户边向下看。在他们的下方，一侧的岩石以一种令人眩晕的角度延伸着，很长一段距离里都是直直向下的。接着一块块的石头斜着铺了出去，形成一片崎岖不平的岩石群，成为海浪拍击的对象。他们可以看到白色的海浪飞得老高，但是因为距离远，海水的拍击声却并不十分大。

汤姆轻轻地吹了声口哨，说："难怪他们不把我们绑起来，也不派人看着我们，我现在算是知道了。"

巴德看了汤姆一眼，他感觉已经没有希望了，"情况很糟糕啊，朋友。"他说。

汤姆点了点头，然后又向前靠了靠，盯着右侧陆地的方向看着。

"快看那里，巴德！"汤姆指着他们右下方的一块向上斜出的石头叫道，这块突出石头和他们之间的垂直距离约有3米，在这块石头下面的岩石都比较粗糙，看起来可以为他们提供立足之地。

"如果我们可以从这里爬出去，慢慢落到那块突出的石头上面，"汤姆继续说道，"我们应该可以落在上面。"

"如果我们失败了，"巴德回答道，"那可就要直接掉到海里面去了，不过值得一试。怎么都比待在这里好，没准他们会折磨我们呢。"

"我也是这么想的，"汤姆说，"我们现在的位置不太好，要从这个高度落到那块石头上，脚肯定会被震到。"

巴德苦笑了一下，"那也比落不到那块石头上面好。"

"我先下去，"汤姆说道，他小心翼翼地移动身体，穿过了那个粗糙的窗户，“你告诉我什么时候该往下跳。”

他们现在所处的位置很高，海风呜呜地吹着尖塔外的岩石和趴在岩石上面的汤姆，汤姆手脚并用地在这些坑洼不平的岩石上移动着，他爬得越来越远，因为紧张，脸色已经变得煞白。

好像过了一辈子那么长的时间，在窗口的巴德终于说话了：“现在往下跳吧，好运了，机长！”

听到这句话，汤姆松开手笔直跳了下去。他落在了那块石头上面！尽管晃了晃，但是并没受伤。

汤姆笑了笑，站起来移到了这块石头的另外一边，他向巴德挥手，示意他可以从窗户爬出来了。

汤姆小心地望着朋友的身影，等到巴德也到了这块石头正上方的时候，他叫道：“跳吧，就是现在！”

一瞬间过后，巴德安全地落在了他的身边。

“呼！”巴德喘了口气，“我得说，这可不是我每天早上吃早餐前想做的运动，说到早餐……”

“我就知道！”汤姆说，“这才是你想离开这儿的真正原因，对不？”

“当然了，”巴德笑道，“不过说真的，如果可能的话，咱们还是快点跑吧。我落下来的时候，腿脚都被震了一下，但是我可不想让毒龙那帮人抓到我们！”

两个男孩忍着疼痛，开始沿着险峻的岩石向下移动。不知怎么回事，接下来的路倒比上面的好走了，但是仍然既困难又危险。他们俩的速度变得越来越慢。

当两个人停下来找方向的时候，巴德说：“这段路肯定比没有路要好，但也没好到哪儿去。要从这条路上走，你得成为蛇、鸟和人的结合体。”

“这难不倒你啊，”汤姆笑着说，“你已经跟飞人差不多了。另外，”他又鼓励地说，“我们就快到那个不怎么陡的小斜坡了，过一会儿我们就不用爬了。”

两个男孩继续前进，最终到了那个小斜坡，就在这个时候，他们听到在悬崖的上面传来了惊呼声。

“我们逃跑被发现了！”巴德叫道。

“运气不好！”汤姆说，“我还希望着在他们发现我们之前能走得更远呢。”

他们爬下这个崎岖的山坡，走向陆地的方向，但是不得不停下了，因为不知道从哪里冒出来一个人，就出现在了他们的前方！

“带疤痕的手臂！”汤姆喘着气说道。

两个男孩几乎没有时间往后躲！

“这人从哪里冒出来的？”巴德问道，他有点不敢相信。

“要么是刚执行完间谍活动回来，要去向考德报告，要么是在这些岩石中还有其他我们不知道的出口，”汤姆说，“我

们现在必须得更加小心了。”

当两个男孩确定那个人已经消失了之后，就继续向前走，步伐加快，但是更加谨慎了。他们逐渐到了尖塔底部地势平坦的地方。

突然之间，这个逃跑二人组听到他们前方传来了声音，“又来了！”当两个人藏起来之后，汤姆说道，“又是绕道过来的。”

当三个追来的人出现在视野中的时候，两个人放轻呼吸隐藏着，这三个人都仔细地用目光扫视着这片岩石群。

“没看见他们。”其中的一个人说道，这个三人组沿原路返回了。

“咱们等他们离开这里再动。”汤姆说。

过了一会儿，两个男孩又继续向下走，他们决定要继续完成这段危险的路程。

“希望不要再见到他们的人了，”巴德小声认真地说，他努力挤出了一个笑容，“不知为什么，我非常不喜欢那些人。”

过了几分钟后，两个人爬下了一块凸出的岩石，他们意识到，自己已经到最下面了。面前是若隐若现的陆地，在欢迎着他们。但是，在连接陆地和尖塔之间的那块窄小岩石上，却有一个人端着枪在警戒！

两个男孩迅速后退了几步，躲在不会被看见的地方。“我们躲不过这个人，”巴德沮丧地说，“没那么多可供我们隐藏的地方，他会把我们打成筛子的。”

“也许我们可以转移他的注意力。”汤姆说道。

后面传来了搜寻他们的声音，而且越来越近，这使两个男孩不得不另寻新的藏身地。随着上午时间过去，汤姆和巴德不得不从他们藏身的地方转移，以避免被发现。到了下午两点的时候，两个人都是又热又饿，所幸的是还没有被发现。

“就要涨潮了，”汤姆看了一眼他的手表说道，“咱们得在涨潮前穿过那块窄窄的岩石。”

两个男孩快速、但是悄悄地回到了那个窄石块附近的岩石位置，那个守卫就坐在不远的地方，在阳光的照射下打着盹，身边放着枪。

“他是最近才被安排在这里的。”巴德吸了一口气说。

这块窄窄的石头现在几乎被打着旋的海水淹没了。

“现在就得走，要不就走不了了，”汤姆焦急地看着周围说道，“我们必须得过去了。”

“我同意，”巴德说，“但这意味着我们要跑到外面去，如果那些家伙还在上面的话，他们就能看到我们了。”

“管不了那么多了，”汤姆说，“走吧！”

两个男孩加快脚步，向已经快被淹没的岩石跑了过去。后面传来了叫喊声，这表示他们已经被看到了！片刻之后，两个人听到了枪响！

就在这个时候，一个大浪打了过来，把巴德卷到了海水之中。当他试图爬起来的时候，海水开始退潮，把他一起向海里带了过去！

后面追来的人越来越近了。一个人甚至已经到了汤姆的身后！汤姆一边焦急地找寻着巴德的踪迹，一边到达了最后一块岩石的位置，这个时候，后面的那个家伙一个飞扑，就要抓住汤姆。

汤姆不再犹豫，从岩石上跳入了旋转的水流之中。另一排大浪拍了过来，汤姆从视线里消失了！

第十六章 电波激射器发威

汤姆被一排白色的浪头带着向下沉去。出于本能，他屏住了呼吸，随着海浪上下浮动着。当海浪的晃动逐渐减缓时，汤姆使劲扑腾着，浮到了水面上。

他看到巴德就在不远的地方浮着，他的身体显得非常无力，但是头部露在水面上，正靠着一块岩石。

汤姆随着起落的潮汐艰难地向朋友游去。几经努力之后终于抓到了巴德的胳膊。汤姆意识到他的朋友仍然在呼吸之后，松了一口气。他扶着巴德，让他保持一种漂着的姿势，向岸边移动过去。

现在，海水开始帮他了。他和巴德被海水冲着，安全地到达了海岸上，这一海岸位于大陆旁的岩石群边。汤姆努力站了起来，把昏迷不醒的巴德拖到一块大大的岩石后面。他焦急地呼唤着巴德，想要使他清醒过来。

“巴德头上的这个伤口很深，”汤姆想着，“一定是他在落入水里的时候撞到了石头上面。”

巴德终于有了点反应，就在这个时候，汤姆听到远处传来了声音。

“快点啊！”他催促着巴德，“我们必须得逃了！”

巴德睁开了眼睛，好像是对汤姆的请求做出回应一样，“我们在哪里？”他问道。

汤姆迅速解释了一下，这个时候，远处的声音更加大了。其中的一个人说：“我看到他们是从这个方向上的岸，他们一定在这里的某个地方！”

“巴德，我们必须得走了！”汤姆小声急促地说，“你现在感觉怎么样？能走吗？”

巴德说：“我的头还在晕着，但是走吧！我可不想被抓住！”

巴德蹒跚着跟在汤姆的后面，他们两个低下身子，借着岩石的掩护向前走。在一段时间里，两个男孩没有被发现，但是突然之间，他们听到了一声叫喊，喊声正是来源于身后海滩上呈扇形搜寻他们的人当中。

“他们在那里！”一个人喊道。

“我们快赶到潜艇停的那个小港湾里！”汤姆催促道。

他和巴德跌跌撞撞地沿着布满石头的海滩奔跑着。不一会儿，敌人和他们之间的距离就缩小了。

“不远了。”汤姆说道。

两个男孩迅速到达了一个海角的附近，潜艇就在前面！汤姆和巴德迅速登了上去。

当他们驾驶潜艇沉下水面的时候，汤姆通过潜望镜向外看。他看到追逐他们的人站在陆地的边缘满脸困惑，不知道他们的目标去了哪里。

“咱们和公司联系一下，”汤姆说道，“在那群人搬空尖塔上面的东西前给他们点颜色看看。”

汤姆向父亲描述了他们的大胆冒险之后，斯威夫特先生叫道：“谢天谢地，你们安全了！我现在就和官方联系，这里一切都很好。”

“有华盛顿方面的消息吗？”汤姆问道。

“迄今为止，罗林的密码还没有被破解。”他的父亲回答。

几分钟之后汤姆结束了通话，他把潜艇设置为自动航行，目的地设为费林岛。与此同时巴德也准备好了他们已经延误很久的早餐，两个男孩开始吃了起来。

“以前从来不知道食物竟然这么好吃。”巴德说道，他正从盘子里拿出培根和鸡蛋。

“都快赶上乔做的那么好吃了。”汤姆也说。

两个人吃完后，汤姆又联系了一下公司。他刚才传达的消息已经传送给政府，政府当即联系了当局。后者利用汤姆给的详细信息——包括这个巨大的天然堡垒和它的秘密入口，对尖塔发动了突袭。

汤姆把这件事告诉巴德，并说道：“现在我们能做的只有祈祷这次突袭能够及时。我很确定，那群人一知道我们逃走了，立刻就会开始从那里转移。”

“你说的对，”巴德说，“但是他们要打包，还要把所有的设备搬到潜艇上面，这是需要时间的。也许他们会把所有的东西留下，只确保人可以逃走。”

“不可能，”汤姆回答，“即使不带别的，他们也会把球体和X光带走。我遗憾的是我们没能把罗林救出来。不知道警察能不能在尖塔上面找到他。”

巴德问道：“你觉得他会不会被带到控制单元那里去？”

“你和我猜的一样，”汤姆回答，“我现在就希望他还活着，谁知道那群人能干出什么事来。”

“好吧，”巴德说道，“既然我做饭的任务已经完成了，我现在要睡一会儿了。”

“睡吧，”汤姆说道，“我要再研究一下罗林的密码。山姆大叔都还没有把它破解，这说明这个密码一定很难。”

汤姆坐了很久，研究这个密码。他尝试了多种技术，用字母来代替数字，但是仍然毫无所获。最后只能先沮丧地放弃了。巴德醒来之后，汤姆就爬到床上睡觉了。

这个下午风平浪静地过去了。到了晚上，他们看到了费林岛上面欢迎他们的人的轮廓。

两个男孩登陆之后，见到了斯威夫特先生。斯威夫特先生给他们带来了消息，只不过这个消息却很令人不安。突袭执行前不久，那群人就已经走了，而且还带走了球体和X光，以及那个地方所有的图纸和小工具。

“他们是乘着潜艇逃走的，”斯威夫特先生说。“幸运的是，他们走的时候也带走了那些有毒的气体，所以我们的调查人员并没有受到伤害。”

“罗林呢？”汤姆问道。

“并没有他的踪迹。”

汤姆确定地点了点头，说：“您知道这一切意味着什么，如果官方人员不能在短时间内找到控制单元的话，那我就只能和那群人在天空上或者太空里的某个地方硬碰硬地对抗了！那得是怎样的战斗！高速飞船一号对战高速飞船二号！那就像是我和自己在战斗一样！尽管如此，我还是得去这样做，而且我还一定要赢！我们一定不能让他们启动球体。”

斯威夫特先生把一只手搭在了儿子的肩膀上，说：“汤姆，你要进行的是这样一个艰难的任务——”

汤姆说：“别担心，爸爸。我们为什么不按照开始的计划来进行呢？如果毒龙的人出现了，我们就搞定他们。”

汤姆并没有小看这件事，他只是试着安慰爸爸。他说：“根据磁带里说的，那艘被偷走的高速飞船还不能飞行。可能还需要一个月的时间才能修复它，我们就希望官方人员可以在此期间找到毒龙的大本营吧。”

斯威夫特先生看起来很满意。他说："那现在需要做的事情就是继续建造好你这艘新的高速飞船了，现在一切都在顺利进行，"他继续说道，"运气好的话，你很快就能驾驶着它进行太空飞行了，而且我可能还有一些东西，可以让你带着。"

"你的意思是你的试验品要做出来了？"汤姆兴奋地问道。

"快了，儿子。"

年轻的发明家露出了大大的笑容。"这个消息太棒了！"他叫道，又补充说，"对了，我已经告诉咱们的太空站，让他们用电子眼仔细盯着，看是否有高速飞船一号飞行的迹象。"

汤姆的太空站设备齐全，是安放在太空之中的一个警戒点，在距离地球3500千米的轨道上运行着。在太空站的十二个点上，分布着工厂和实验室，以进行各种类型的研究，上面还有一台无线电广播设备，和一个电视继电器单元。

汤姆和巴德急着回公司，为他们的非凡旅行做准备。

"你们确定可以吗，孩子们？"斯威夫特先生问道，"你们刚刚经历了这么疲惫的事情。"

"没问题的，"汤姆向父亲保证，"而且，巴德和我总是在工作的时候觉得更好一些。"

两个男孩飞到了公司，汤姆直接就去了他的实验室。他从一个小柜子里拿出了对抗自己X光的一个武器。近期发生的这些事情打断了他原本安排好的对于斥力放大器进行的实验。

现在他决定，要确保这个武器能够按计划做出反应。如果这个防卫武器不能抵挡毒龙发出的致命攻击的话，那后果就太严重了。A国以及其他任何国家，只要不愿意屈从于毒龙对于权力的邪恶要求，都可能会被从这个地球上消灭！

“最好的检验方式就是让斥力放大器和X光面对面放着。”汤姆决定了，他打开了另一个柜子，里面存放着小小的X光。

他让两个员工在天花板附近悬挂上一块吸音的防护性平板。然后让他们离开，汤姆现在是自己在实验室里了。

汤姆调整着角度，使这两台像枪一样的设备相互对着，正在他要开始测验的时候，乔走了进来。

“我的天，”他说道，挠着自己的脑袋。“你这是要进行个射击比赛？持枪的西部男孩在哪里？”

“你和我呀！”汤姆故作严肃地回答。

“不——不是我。我还是把这个机会留给其他人吧。”乔边说边摇摇晃晃地快步走出了门口，巴德将头探了进来。

“我的天才，你还好吧？”巴德问道，没等汤姆回答，他就比了个胜利的手势，又走开了。

汤姆穿上了防辐射服，把门锁上，以防在实验过程中有任何人走进来。他在两把“枪”的上面都设了台计时器后，开始静静地等待着时间的流逝。

“五，四，三，二，一，开始了！”

几乎就在同时，汤姆惊恐地盯着面前的景象。他的防御武器并没有击退X光发出的致命射线。反之的是，两台设备发出的射线交织在一起，火花四溅，弯弯曲曲地射向了天花板上面。

“平板着火了！”汤姆惊慌地想。

下一瞬间，火苗就穿过了平板，向各个方向射去。汤姆迅速关闭了这两件武器，启动了建在这所实验室天花板里的紧急防火系统。过了一会儿，火被扑灭了。平板向下滴着水，水滴到了武器的上面，汤姆赶紧拿东西把它们盖上。

几个员工在外面使劲敲打着实验室钢做的门，他们喊道：“汤姆，你怎么样了？让我们进去！”

年轻的发明家朝着门口叫道：“我没事，你们穿上防辐射服再进来。”外面的人穿上了，然后走了进来，巴德走在最前面。

“发生什么事了？”巴德问道，他抬头望着上面，一滴泡沫落到了他的面罩上。

“你在这里启动紧急防火系统的时候，警铃都响了起来，”第二个进来的人说道，“除了我们之外，其他人都出去了。”

汤姆解释说，这是因为平板的构成成分并不足以吸收掉那些致命射线。他的同事把实验室里烧焦的物品弄走了，并帮忙清理了房间。

休息了几个小时之后，年轻的发明家又在另外一间实验室里工作了一整晚。他发现，在斥力放大器的一个内部的线圈里存在故障，修正了这个故障之后，汤姆再次使这两件武器相向发射射线。这一次他的防御武器成功地起了作用。

汤姆放松地打了个哈欠，他计划要装三台斥力放大器，一台放储藏室模块，一台放实验室模块，一台大个的装在母舰里，这样也可以保护飞机库。

早晨的时候，汤姆的父亲发现他在工作台上熟睡着。

“汤姆，”他叫道，“醒醒，儿子。”

汤姆慢慢睁开了眼睛，眨了几下，斯威夫特先生继续说道：“你离开这去别的地方待会儿吧，你把自己逼得太紧了。那艘被偷走的高速飞船还没有消息，所以你可以放松一下。”

“你说的对。”汤姆同意了。他现在已经完全清醒了，他告诉父亲自己的实验成功了，又补充说道：“我去游个泳吧。”

和巴德会合之后，汤姆给自己的妹妹桑迪打了个电话。

“你和菲利斯来公司吗？”他问道，“然后我们飞到费林岛去游泳。”

半个小时之后，四个年轻人已经在去往这个岛的路上了，巴德驾驶着飞机。他们游泳游了一会儿，又在清凉的海水中潜了一会儿，然后坐在海滩上把身体晾干。汤姆开始拿着一根棍子在沙子上划来划去。

“你在划什么？”菲利斯问道。她就坐在汤姆的身边，一只手拿着镜子，另一只手拢着头发。

“只是在写我和巴德在罗林房子的墙壁上发现的那些密码。”汤姆回答。

“看起来很奇怪，”菲利斯说，“蛇形的图案，下面是罗马数字和字母。”

菲利斯从她的镜子里扫了一眼这些密码。

“你知道吗，汤姆，”她说道，“当你从后往前看这个图案的时候，第二行中间的字母和最后面的字母看起来很像d和f，而不是b和j。”

汤姆愣了一下，说：“没错，菲利斯，你给了我答案！”

第十七章 月球碰撞

“答案是什么，汤姆？”巴德和两个女孩问道。

“我才明白，”汤姆说道，“这第一行的数字是真正的字母，表示的是两个月份——八月和九月，就是第八个和第九个月份。”

“你再说一遍，”巴德挠着脑袋问道，“你的意思是那三个罗马数字实际上一个是H表示八月，另一个是I表示九月？”

汤姆说：“没错，巴德。如果你斜着看那个密码的话，那I看起来就像是H。”

“好吧，”桑迪说，“那第二行毒龙的密码是什么意思？比如那两个像马蹄铁一样的东西。”

汤姆笑了，说：“妹妹，你用一下你的想象力，就能知道这是一个Y，这是字母表里的第二十四个字母。”

“所以第一个日期就是八月二十四号！”巴德叫道，“汤姆，就是那天高速飞船一号掉到了海里，X光被偷了。”

“是的。”汤姆表示同意，他又补充道，那个向下的箭头可能表示的就是汤姆飞船的掉落。

“我认为第二个字母，在镜子中的d，和上面的I结合起来就是九月四日。那天就是预计的球体完成建造和我们被偷走的高速飞船完成修复的日子。最后一组符号——I和在镜子中显示为小写自母f的大写字母J——可能就是毒龙发射的时间。”

“当然了！”菲利斯叫道，她用钦佩的眼光看着汤姆。“这组数字的下面有向上的箭头。”

“嘿，你说的有道理，天才，”巴德说，“这意味着毒龙计划在五天之后发射高速飞船一号！”

“完全正确，”汤姆回答，“根据我们公司现在的进度，高速飞船二号很快就可以起飞了。”

“我们还有时间，在高速飞船一号和邪恶的球体离开地面之前完成我们的飞行！”巴德叫道。

“等等！”汤姆提醒道，“我们也可能解错了密码，或者毒龙会加速他们的行动，提前起飞。如果这样的话，我们必须要在他们启用球体之前阻止他们！”

“如果你遇到他们的话，你要怎么做？”菲利斯问道，她感到很害怕。

两个男孩互相看了看，然后汤姆回答道，“这可是个大秘密。”

“像个哥哥一样好不！”桑迪抱怨道，“起来吧，我们要在这么美妙的大海里好好放松一下。”

她站了起来，跑下海滩到了海里面。稍后四个人吃了午饭，然后飞回了家里。汤姆立刻给政府方面打了电话，告诉了他们自己在密码上的发现。

在那天晚上，他把员工们和那些要驾驶新的加速飞船的科学家召集起来开了个会。汤姆告诉了他们毒龙的计划以及那伙人打算给世界带来的破坏。

汤姆说："对于控制单元的搜寻正在进行之中，如果这一行动失败了，那么我们打败这些犯罪者的唯一机会就在高速飞船二号上面了。尽管斯威夫特公司为它设计了每一道防护，这些防护还是有可能会被敌方的科学家穿透。而且，因为飞船上还要放置一些我父亲设计的高度机密物品，所以我们新的宇宙飞船将没有空间来携带救生船。"

人群里传来了一阵惊讶的吸气声。

"我很遗憾，"汤姆说，"这意味着我们这次飞行任务的结果不是生就是死。"

大大的房间里一片沉默。

"我叫你们过来的主要原因，"汤姆继续说道，"就是安排每个人去还是不去，你们可以选择不去，不想去的人，现在可以站起来。"

他停了下来，看着人群中这些专注的面孔。没有一个人站起来！

“汤姆，我们会一直和你在一起！”一个声音响了起来。

乔熟悉的慢吞吞说话声响了起来，还带着口音，他的声音穿过了所有人，“我们不能让那伙不法分子把魔爪伸向这个世界！”

汤姆被这些人的忠诚感动了。“谢谢你们对我的信任，我要向你们说明一下斥力放大器的附加功能。它可以把我们收集的科学数据快速传回到地球上。”

“如果出了什么状况的话，数据会安全保存在政府手里。”

“我们仍然在星期五早上出发吗？”乔问道。

“是的，”汤姆回答，“你准备好了吗，乔？要带大量的辣椒粉和黑胡椒哦。”大家都笑了起来。

到了第二天晚上的午夜时分，汤姆和巴德完成了准备工作。因为斯威夫特先生的工作是高度机密的，所以直到现在汤姆才能把那些特殊的设备装到飞船上面。斯威夫特先生及时出现了，观察着他们的动作。

“它们在这里，汤姆。”年长的发明家斯威夫特先生说道，这个时候一辆卡车开了过来。

三个外面包裹着托马塞特的奇异物体，被人从卡车上面小心地拿了下来。它们看起来就像是小型的透明火箭。在这个东西的里面是一个小花园，里面有盛开的花朵，还有些仙人掌。其他的里面放的是豆荚的种子。照料这些植物的是一个个小小的金属机器人。

“爸爸，”汤姆说道，“我知道这个实验对你的意义，我会尽我所能完成这个实验的最后部分——把这些植物和种子种植到特定的星球上面，看它们是否能够存活下来，在新环境中成长。”

巴德吃惊地望着他们。“您成年累月地工作，调高调低这些植物周围气体的温度，增加或减少这些气体中的各种成分，模拟金星、火星与木星上面的环境。经过了无数代的尝试，才使这些植物适应这些环境的变化。”

斯威夫特先生说：“我无法继续调理这些植物周围的空气了，但我的小机器人会照顾它们。还好有远程控制！汤姆，现在就要由你来控制这些植物，让它们圆满完成任务了。”

“好在您已经教过我该怎么做了，”他的儿子回答，“爸爸，很遗憾您不能和我们一起去。”

“我也很遗憾，但是政府的任务是排在第一位的。”

巴德突然笑了起来，“我都能看到未来新闻的标题了——太阳照在农民斯威夫特的太空庄稼上！”

“花园”们被放进了存储模块之后，斯威夫特先生的眼睛有点湿润了，他拥抱了两个男孩，并祝愿他们的飞行一切顺利。

汤姆向斯威夫特控制中心进行核对。他得到的回答是“都准备好了，马上进行最终检查，并开始倒计时。”

汤姆转向巴德说道："就剩我们俩了，飞人，出发！"

一会儿之后，高速飞船二号从发射台缓缓起飞了，飞向了深色的夜空之中，斥力装置几乎没有发出声音。飞船划着大大的弧度，不一会儿就飞离了地球，冲进了炫目的太阳光中。现在，他们的视野中出现了月球那坑坑洼洼的表面，距离越来越近了。

"每个人都要操控好自己的仪器！"汤姆通过对讲机说道，"我要使用斥力放大器拍下月球的X光照片，但是这次我可不想它们被偷了。"

在接下来的时间中，高速飞船二号绕着月球近距离飞行了一圈，然后进入了太阳系之中。几个小时之后，火星红褐色的表面就出现在了飞船前方的天空之中。每个人都专注地看着。乔进入到了控制室之中。

"这里就像日落一样漂亮。"乔评论道。

巴德笑了，"这个在我看来就像是红色版本的月亮！"他们看到，火星上的海洋与那些管子形状的标记逐渐凝聚成了火山口形状的物体。

"这些看起来感觉就是火星的样子了，"汤姆说道，"除了那些厚厚的云层和白色的极地冰帽，那些应该是冰或者雪。但是这里并没有多少其他状态的水。"

第二天，他们到达了这个星球的北半球，这些太空旅行者们看到，在火星表面附近有一颗小小的卫星。

“汤姆！”乔叫道，“那是什么？”

“福波斯——火星内围的卫星。它之所以看起来很小，是因为距离火星表面很近。事实上，它的直径在12到30千米之间，火星外围还有它的一颗姊妹卫星，名字叫戴莫斯，福波斯比戴莫斯要大。”

工程师们在忙着拍摄这颗小卫星的内部分子结构，汤姆则通过远程控制操纵着母舰上的存储模块，使它逐渐接近了火星上的热带地区。

当存储模块到达了火星上方重力边缘的时候，汤姆打开了这一模块的舱门，将专为火星环境设计的“花园”的程序启动，并把它发射了出去。完成这一过程后，将模块调回到了母舰上面。

“花园”开始向火星表面降落，没过一会儿，巴德突然叫道：“福波斯向它飞过去了！他们两个要撞上了！”

汤姆看了一眼雷达显示器，他的脸色变得苍白一片。他试着改变“花园”的程序，但是却没起作用。

“福波斯上面有重力吗？”巴德害怕地问道。

“重力非常小，”汤姆小声说道，“不过那是我们唯一的希望了。”

再有几秒，这个横冲直撞的小卫星和“花园”就要撞在一起了，这个时候，“花园”里的小机器人突然起作用了。它带着“花园”一个俯冲，和福波斯擦身而过，距离不超过一

英里。

“唷！”巴德松了口气，“快看！”

“花园”垂直向下落去。几分钟后，它上面特殊的降落伞打开了，飞船上面看着的人看不到它了，因为高速飞船二号沿着火星的轨道飞到了另外一端。当飞船再次飞回来的时候，汤姆和其他人一起，通过电视显示屏继续观察。小机器人正在完美地进行着它的工作，它打破了花园的罩子，把种子拿出来散播到火星上。接下来就是要把“花园”里的植物移出来，栽种到火星上面了。

“好棒的机器人，”汤姆小声说道，“我们几周后再来看你，到时候就知道爸爸的实验是否成功了。”

乔安静了一会儿，然后说道，“真不想离开这个小家伙。我们现在真的在移动——一秒就数千千米了。那颗小卫星可以移动得这么快吗？”

“你说的是福波斯？”巴德回答道，“当然了，以后我带着你在它的上面飞行一下。”

乔做了个鬼脸，说：“你引起我的兴趣了。”

这个时候，汤姆说：“乔，我们现在正在飞往木星的轨道。这意味着我们马上就要进入小行星带了，在这些行星带中，每隔几百千米就有数以千计的小行星。”

“以我们现在的速度，即使是小小的碰撞，都会成为灾难。”巴德说道，乔叹了口气。

“现在就有一颗过来了！”汤姆指着前面说，“我只希望咱们消除陨石的机器能百分百工作，不然的话，一块小小的碎片都能像子弹一样穿过我们！”

在现在的距离下，带有美丽花纹的圆形木星——这个太阳系中的巨大行星变得越来越大。上面熟悉的红色斑点和多种多样的奶油色与褐色的带状花纹也逐渐变得清晰。

“即使是在现在的距离下，木星也这么美，”汤姆说道，他着迷地望着这个星体。“这里是个多么不可思议的地方啊！它的直径是地球的十倍，大气层有数千千米那么厚。对了，乔，这里的大气层里多数是氢气和甲烷。”

“哇，”乔叫道，“我们一会儿到这个星球上看看吧！”

就在这个时候，驾驶着飞船的巴德叫了起来：“汤姆，飞船偏离了航线！”

一瞬间，一颗小行星就出现在了飞船一侧。只一眨眼的工夫，这个小小的星体就从飞船旁边擦了过去，发出了巨大的摩擦声。

第十八章 毒雾

小行星很快消失在了外面巨大的黑色空间中，正如它的迅速出现一样。高速飞船稳定了之后，汤姆和其他人爬了起来。

汤姆问道："都没事吧？"在得知只有轻微的损伤后，他说道，"巴德，你用对讲机问一下其他的人是否没事，再检查一下飞船。我得调整一下斥力装置控制器来抵消木星的巨大磁场。"

一会儿过后，加速飞船再次回到了航线上。飞船内部唯一受到损伤的就是两个气闸之中的一个，这两个气闸的作用是连接内部与外部船体之间从维修舱板到真空空间的位置。这两个气闸都是由两扇门组成，在两扇门之间有一道小小的走廊。一号气闸的两扇门都被震开，不能关严了。一个修理小组正在进行修理。

汤姆让两名维护人员穿上太空服，检查一下高速飞船外部的船体。在飞船的外面有一片强大的磁场，这使他们在检查这次撞击给船体带来的影响时不会飘到太空中去。

“如果这颗小行星撞裂了外部船体的话，那我们可就真的麻烦了。”汤姆说道。

在等待关于船体损伤的报告时，汤姆逐渐被他们眼前这个覆盖了一半天空的巨大星体吸引住了。这个星球上面的大气层是有毒的，起起伏伏的空气带被风暴吹散了，而这种风暴的强度，在地球上是难以想象的。这一景象构成了一幅美丽的画面。这个巨大星球上的温度很低，但是压力特别大。

“那边那个小星球是什么？”乔突然问道。

“看起来像是盖尼米得，”汤姆回答道，“它是木星的最大卫星，有地球的一半大。事实上，这个行星还有另外十一个卫星呢。”

“哇！”乔叫道，“你觉得你的太空朋友们有没有可能住在其中一个上面？你很久没有他们的消息了。”

“是的，”汤姆说道，“事实上，我并不相信他们住在我们的太阳系里，而是住在其他的地方。”

这些神秘的生物时不时会联系一下斯威夫特家的人。他们通过示波器上显示的几何符号进行沟通。

“该进行另一次发射了。”汤姆说道。

他再一次对存储模块下达指令，使之与母舰分离，并携带着“花园”和里面的机器人飞入下面的漩涡中。这一过程缓缓地进行着。

巴德打破了沉默，说：“可怜的机器人，它栽完花和种子后，

‘骨头’会冻住的。”

“我们就希望它们不会被冻住吧！”汤姆回答道，“我都不知道哪种情况更糟糕一些——是极度的低温还是极度的高温。等我们的飞船到了金星之后就知道了！”

他们飞越了木星系，并在接近这一领域的时候拍下了所有卫星的照片，而且用X光获取了这些卫星的样本。现在他们的飞行速度是相当快的。穿越太阳系的巨大空间只需要几天，而不是几年了。

第二天早上，土星的壮丽景色进入了他们的视野。围绕在土星周围巨大的环形物体在土星的两端成扇形排列，就像是杯子的把手一样。

“天哪，真不敢相信自己的眼睛，”乔几乎叫了出来，“那些东西到底是什么啊？”

“那些真的是圆环，”汤姆告诉他说，“在这里看，它们是固态的，但事实上，它们是由数以千计的小岩石和小冰块组成的——咱们再近点你就能看见了。”

汤姆忙着摆弄了一会儿科学仪器，这个时候土星周围的圆环变成了令人难以置信的美丽景色。

“土星也有一整个家族的卫星。”汤姆告诉乔说，乔这个时候已经为眼前的美景所震撼，说不出话了。“事实上，土星周围最大的卫星泰坦，也是整个太阳系中最大的卫星。因为它特别大，所以已经形成了自己的大气层。”

高速飞船继续飞行，不一会儿，绿色的天王星出现在了他们面前。

“这个星球很独特，因为它的旋转轴几乎翻转了九十度。”汤姆说道。

乔笑了，说：“我们这次飞行真是要把整个太阳系都转遍了，还有我们没去的星球吗？”

“海王星和冥王星，这两个是离地球最远的两个星球。”汤姆回答。

汤姆说着话的时候，下面维修舱板的对讲机传来了声音。

“机长，”一个脆脆的声音说道，“和你说一下，我们已经修好了一号气闸，但是在它里面还是有个小小的氧气泄漏点，我们得用液态的原子裂变体把这个气闸的两扇门都封上。”

“好的，”汤姆说道，“如果你一定要进到那里面的话，可以从二号气闸那里过去。”汤姆让他们立刻启动真空抽气机。“那两扇门之间还有一些氧气，我们得把它们抽走。”

“收到。”这个机组成员说道，并关闭了对讲机。

汤姆的样子很焦虑，巴德问道：“怎么了？”

“我们正在快速接近海王星。”汤姆说道，并告诉巴德这一星球周围的气体中包含着甲烷。“假如我们外部的船体有一个小小的裂缝，甲烷都会进入到我们内部的空间中。而这些甲烷一旦和氧气接触了，达到一定比例，就会引发爆炸。”

乔的面色很严肃，他说：“你的意思是我们的整个飞船都会爆掉吗？”

汤姆点了点头，并向两位到了飞船外面的人员询问情况。

“飞船的外面有一些擦痕，还有个非常严重的凹陷，”一位工作人员报告道，“刚才我们还以为只有这些了，但是现在我们又发现了一条非常小的裂缝。”

汤姆的脸色严峻了起来，这个时候另一位人员叫了起来，“这条裂缝在扩大，机长！”

“马上把它封起来！”汤姆指示道，并飞快地看了一眼控制面板。这艘已经有所损坏的飞船还有几分钟就要进入海王星的有毒大气层了！

就在这个时候，外面的一个人叫道：“汤姆！我们的原子裂变枪枪口堵住了！我们没法把液体喷射到裂缝上了！”

大家都被惊住了，几秒钟的沉默之后，汤姆冲向了柜子，开始穿上他的防毒气太空服。“让维修部给我拿把原子裂变枪！”他叫道。

“你要去哪儿？”巴德大声问道。

汤姆说：“飞船的真空室！我要在里面把这条裂缝堵住！让那两个工作人员进来。”

“我和你一起去！”

“不！你要控制好飞船，巴德！”汤姆说道，“我就希望自己能在甲烷进来之前把那条裂缝堵住！”他边说边冲进了电梯。

电梯把他带到了维修舱板上面。一个人正抓着气闸的第一道门，使这扇门开着。汤姆进入到走廊之后，另一位工程师把一把原子裂变枪放到了他手里，身后的门关上了。

汤姆打开了第二道门，并小心地移到了这个狭窄又昏暗的真空室里的一道大梁上面。因为穿着笨重的太空服，所以汤姆的行动也非常迟缓，但他还是沿着两处已有些变形的船壁之间向前爬动着，他可以看到前面不远处位置的凹陷，以及裂缝处的开口线。

“我太慢了！”汤姆想着，“肯定要赶不及了！”

突然之间，安在太空服上的对讲机里传来了巴德紧张的声音，这吓了汤姆一跳，“我们进入到海王星的大气层里了，甲烷的含量很高。”

汤姆喘着气，爬得更加快了。一小会儿之后，他到达了裂缝上方3.6米的位置。薄薄的绿色雾气正在从裂缝向里渗入！快要没有时间了！

“要开始了。”汤姆这样想着落了下去，一只手抓住了下面的一个格子。

肩膀位置疼痛了起来，而且愈来愈严重，但是汤姆努力坚持住了。他有点绝望地把枪口对准裂缝，喷洒了一些液体，这些液体在这条裂缝的上面凝成了银色的固态物体。

汤姆放开了手，落到了更低一些的横梁上等待着，他都快不能呼吸了。什么都没有发生。在足够引起爆炸的甲烷进入之前，他成功地把这种气体挡在了外面！

“好了，”他用对讲机小声地说。“成功了。”

汤姆回到了机体里面，大家都用掌声和欢呼来迎接他。先前负责维修的人员都对他们被堵塞住的枪口深感震惊。汤姆接受了他们的道歉，但是要求对所有设备都要进行更加仔细地检查。

“这次真的好险。”汤姆总结道。

回到了控制舱板上面之后，汤姆透过观察孔望着外面的黑色空间。他们现在已经快要到达太阳系的最外端了。这些人和星星之间的距离变得非常遥远。即使是熟悉的太阳，现在看来也只是一颗明亮的星星而已。

汤姆驾驶着飞船，加速驶向冥王星，这是太阳系家族最外端的堡垒了。负责拍照片的人都迫不及待地用X光拍下了这个奇怪又未知的世界。

“我们现在的计划是什么，机长？”巴德问道。

“我们要高速返回太阳系了。事实上，我们要经过地球的轨道，再看看金星和水星，还会距离太阳更近一些！”

现在高速飞船正以非常快的速度飞行着，而且还在加速，汤姆正在缩短他们和太阳之间六百万千米的距离。渐渐地，太阳就不仅仅只是一颗小星星了。他们再次经过了木星的轨道，这个星球离他们越来越远了，但是景色依然很美。

“我们正在穿过地球的轨道。”第二天的时候，汤姆说道。

“哇，地球在哪儿呢？”乔想知道。

“大概是在我们与太阳之间距离的四分之一位置吧，”汤姆说道，“所以你现在还看不到它。”

“它是怎么到那边去的？”这个困惑的厨子问道。

“这么短的时间内，它并没有移动那么远的距离，”汤姆笑着回答。“只是因为我们回来的时候，为了去金星而绕了个大圈。这个星球在今年的这个时候，绕着太阳飞行时是在地球前面一点点的。明白了吗？”

“不明白，”乔老实地回答，“但是是你在驾驶着我们的太空座驾，不是我，所以我不明白也没关系。”

汤姆转向他的副驾驶员说道：“我觉得咱们现在应该了解下对于毒龙巢穴的搜寻情况进行得怎么样了。”

汤姆联系了公司，哈伦·艾姆斯告诉他，并没有好消息。控制单元和敌人的潜艇都没有找到。他说：“而且也没有任何关于你被偷的高速飞船一号的消息。”

巴德叹道：“那些毒龙的成员都挺聪明的。看，我们快到金星了！”

汤姆把注意力全部放到了这个地球在太阳系中的姐妹星球上面——地球最近的邻居，金星。

当这个远方的星球变得越来越大的时候，乔说道：“它看起来就像个大大的白色球体。”

“那是因为它终年都被云所覆盖，”汤姆解释道。“等我们更近一些，就可能看到这些起伏的云层了。”

“你骗不了我，”乔说道，“那边漂浮的不就是一堆刮胡子时的肥皂沫嘛！”

男孩们都笑了起来，巴德说道：“那个‘肥皂泡’的下面是什么，汤姆？”

“不知道，”汤姆回答，“有可能是不同颜色的云层。科学家们说这些蒸汽可能是金星上面的巨大热量引起的自然结果，那可是五百到八百度啊。”

乔吹了声长长的口哨，说：“比八月还热！你还说你爸爸要在那上面种植物呢？”

“没错，在‘花园’的环境里，温度就和金星上面的差不多。”

乔困惑地摇了摇头。

汤姆笑了，他和存储模块里的人交谈了一下，里面的人向他确保舱体已经准备好了，可以发射到下面云层笼罩的星球上了。一个“花园”和机器人再次被成功地发射了出去，存储模块也回到了飞机库中。

“成功三个了！”巴德叫道，“汤姆，你爸爸一定会很高兴的。”

加速飞船开始离开这个星球了，这个时候，汤姆旁边的示波器突然自己亮了起来，上面出现了几何符号。

“是我们的太空朋友发来的信息！”巴德叫道。

当这些几何符号逐渐显示在屏幕上的时候，汤姆专注地看着。他慢慢地翻译了出来：

有敌人，有危险。准备进行战斗。

“什么敌人？”巴德叫了出来，“来自太空的还是来自地球的？”

“我猜是毒龙的人。”汤姆回答道。他紧紧盯着雷达屏幕上刚刚显示出的物体光点，这光点意味着附近还有另外一艘宇宙飞船！

汤姆迅速用望远镜观察了一下。在金星夜晚那面的边缘上，他看到了一个银色的物体绕着云层飞了过来，并且越来越大。

是那艘被偷走的高速飞船！汤姆确定，它一定是一直在这里等着他们！

第十九章 空中战斗

汤姆立刻为斥力装置注入能量，并驾驶着高速飞船二号飞速驶离了这艘被偷的宇宙飞船。在观察屏幕上面，他看到敌人就在后面。

“他们到底在这里做什么？”巴德问道。

汤姆面色严峻地说：“据我猜测，他们是要用X光毁灭我们。如果他们这一计划因为我们的机体抗辐射而不能实现的话，他们就会使用球体了。”

“那我们赶快离开吧！”乔建议道。

汤姆摇了摇头，说：“这可能听起来很疯狂，但我们可以借这次机会打败斯汤博士这个疯子，拯救地球。”

每个听到汤姆这句话的人看起来都被这种可能性吓呆了，“什——什么？”乔问道。

汤姆说道，毒龙的驾驶员肯定是从地球悄无声息地起飞的。不然的话，斯威夫特公司一定会向汤姆发出警报的。“据我猜测，他们发现了我们的飞行计划，然后就在金星的附近埋伏着，等着我们出现。”

“我们还偏偏就直接闯进了他们的陷阱！”巴德感叹。

透过放大观察镜，汤姆和其他人可以看到敌机上实验室模块的舱门打开了，发射X光的口伸了出来。

“他们要向我们开火了！”巴德叫道，“虽然你在尖塔上面已经对发射X光的设备进行了破坏，但是他们一定是已经弄明白了你这个发明的运行原理。”

这些致命的射线都被轻松地击退了。这惹怒了敌机的机长，他搬出了球体，使之对准高速飞船二号。为了避免飞船受到损伤，汤姆启动了斥力放大器。他和同伴们都还安全。

他们的敌人被激怒了，他通过无线电话传过来一条信息，这是一个低沉的、充满威胁意味的声音：“汤姆·斯威夫特，我发誓我一定会把你消灭掉。不是现在，就是以后。而且我还会做其他的事情，你知道我的目的的。我的第一个目标就是斯威夫特公司！”

汤姆的同伴都倒吸了一口气，可是这个年轻发明家的声音依然冷静而且沉稳：“你是要在发射球体之前做这件事呢？还是在发射之后做？”

“我不会回答你这个问题的。”那个男人说道。

透过观察镜，汤姆看到这艘被偷走的高速飞船加快速度飞走了，不是沿着金星的轨道飞行，而是飞向了地球。汤姆跟在后面，但是却追不上它。

“斯汤博士一定是对这艘飞船的能源系统进行了升级。”巴德说道。

“是的。”汤姆说，“但我们必须抓住他。”

巴德全面启动飞船的斥力装置系统，高速飞船二号渐渐接近了敌机。汤姆联系了父亲，告诉父亲要准备应对任何的攻击，而且毒龙可能会使用斯威夫特发明的x光来进行他们的毁灭计划，这让汤姆感到很沮丧。

“汤姆，”斯威夫特先生说道，他的声音有点颤抖，这显示出了他非常担心汤姆，“你不要太冒险，你妈妈，桑迪还有我——”

剩下的话因为静电干扰而听不清了，汤姆已经转到了微波激射器通话系统，但是很明显，斯汤博士对这个系统也进行了干扰。汤姆只能暂时结束了通话，并把注意力放在了两艘飞船的追逐上面。

“耶！”巴德叫了起来，“我们马上就追上他们了！”

汤姆驾驶着飞船，渐渐和敌机并行并逐渐超过了它。他用无线电说道：“你们不可能赢的，赶快投降吧！”

刚开始的时候并没有任何回应，但接下来一个愤怒的声音就响了起来：“你个傻瓜！我们绝不会放弃的！一切都在按我们的计划进行！别想阻止我们！”

说完这句话之后，周围就安静了下来。汤姆和朋友们都在猜测他们的敌人下一步要干什么。

“我希望他们是要发射球体，这样我就可以捕捉到这个武器了。”汤姆小声说道。

“你是说用你的秘密武器来捕捉吗？”巴德问道。

“是的。”

当高速飞船一号到了距离地球大概1600千米位置的时候，它上面飞机库的门突然打开了。这就是汤姆一直在等待的时刻！

致命的球体马上就要被发射到轨道上面了！

“就是现在！”汤姆叫道，当球体飞入了太空中后，汤姆把斥力放大器射线射向了这个毒龙的发明。球体缓慢地落向了斯威夫特公司，情况非常危急。

巴德通过望远镜看着这个过程，当他们飞到了公司上方的时候，巴德说道：“什么都没有发生，你一定是已经消除了球体携带的X光能源。”

汤姆并没有回答。他正忙着计划捕捉到这个致命的武器。

汤姆迅速打开了高速飞船二号上飞机库的门。他的神秘武器滑了出来——是一只巨大又闪着光芒的超级螃蟹！就像是一个来自于星星上的巨兽一样，这个大家伙泰然自若地站在门口。接收到汤姆发出的电子指令后，这个巨兽向着敌机飞了过去。

汤姆和巴德紧紧盯着螃蟹，他们担心它会失败，或者球体会摆脱斥力放大器的射程而将致命射线射向斯威夫特公司。螃蟹正在接近那个致命的武器！

下一时刻，双重密度的托马塞特从螃蟹的喷嘴中射了出来，在球体发射致命射线的口上覆上了一层不能被穿透的物质！

“我们赢了！”巴德狂喜地叫道，“螃蟹成功了！”

汤姆周围本来慌乱的人群中发出了欢呼声，掌声一直持续到螃蟹把那个奇异的武器拖回到高速飞船二号上面。

毒龙的飞船立刻就逃走了，但是汤姆的无线电话收到了上面传来的粗哑声音：“斯威夫特，你只是暂时胜利了，但是罗林还在我们的手里！如果有任何人胆敢跟着我们，或者寻找毒龙的总部，我向你保证，我们一定会将罗林杀掉！”

第二十章 维京人的巢穴

当汤姆控制着螃蟹和已经“失去方向感”的球体，使它们进入飞机库的时候，他对巴德说道，“我本该对这次的捕获感到高兴，”他一边使这个致命的武器失效，一边继续说道，“但是只要毒龙的人还没有被抓住，只要他们还扣着罗林，那他们对我们而言就依然是威胁。”

“你没有放弃对控制单元的搜寻？”巴德问道。

“当然没有。我希望能在球体上找到一些线索，我们一到家里，我就要马上对它进行彻底的检查。”

“说到回家，”巴德说道，“不会太久了，我们正在飞越北太平洋。”

得知这些太空旅行者即将飞回地球的消息后，人们十分兴奋。汤姆和同伴们旅途上的故事已经通过广播传到了整个世界。当他到了肖普顿附近的时候，汤姆联系了他的父亲，向他报告了他们和毒龙人的相遇。

“把这个区域封上，爸爸。我还不想让外界知道关于球体的事情。”

汤姆将这艘巨大的飞船像气球一样轻轻地降落到了发射场上。一会儿之后，他走出舱门，向他的父亲打招呼。

“快点，爸爸，”他催促道，“我们还有好多的事情要做呢！”他领着父亲进入到了飞船之中。

“放轻松，汤姆，”年长的斯威夫特先生说道。“你到家还没超过三十秒呢！”

“自从我们抓到球体之后，他就一直急着要好好检查一下这个东西。”巴德说道。三个人进到了飞机库之中，球体就放在这里。

这台奇怪的设备上面被喷洒了溶解液，以除去它周围的托马塞特，这个过程完成后，汤姆在它的后面发现了一扇舱门。他把这扇门撬开爬了进去。

“所有的东西都保持了原状。”当斯威夫特先生和巴德跟在他的后面进来之后，汤姆说道。他开始检查这台设备内部放置那些自动装置的架子。一会儿之后，他抬起了头。

“我可能找到了我们一直在找的东西！”

“别告诉我你找到了控制单元的地址！”巴德叫道。

“不完全是，”汤姆回答道。“是和它有关的东西。从这里可以看到，这个球体制造的时候，是被设计成在某些特定的时间接收信号的。既然我们已经知道了球体是在什么时候被发射的，而且发射的轨道——”

“等一下，小天才！”巴德说道，“我们怎么知道它是在哪个轨道发射的？也许毒龙改了它的飞行计划呢。”

汤姆笑了，“你看一下这些程序的数据，再把所有的事实结合起来，我们就能得出单元的位置了——希望如此！”

汤姆急匆匆地查了一下高速飞船上面的地图，然后做了一系列的计算，他指向了一处地方。

“应该就是在这里！”汤姆肯定地说。

“我相信你说的对。”斯威夫特先生表示同意。

“我们和官方的人员联系一下吧，”汤姆提议道，“让他们帮我们找到这些人！”

“这很简单，”他的父亲笑着说道，“现在咱们公司里就有很多高级的官员，我知道了你和高速飞船一号的相遇之后，就把他们请到了这里。他们会帮助我们的。”

公司里的高级官员立刻联系了当地的政府工作人员，并询问了控制单元的位置信息。他们得知那里是一处岩石山坡，由一个百万富翁所有，这个人的名声不太好。但是，因为这个人从来也没惹过什么麻烦，所以政府的人也没找过他。

“他的名字是什么？”汤姆问道。

“斯汤博士！”

“我提议，”汤姆说道，“我们带着潜艇和尽可能多的伞兵，乘坐“蓝天女王”去那里，等我们到了之后，巴德和我乘潜艇从水里过去。我相信，这个团伙的总部就位于地图上这个点的位置，那个大峡湾那里。”他指着地图说道。

“我们为什么不和伞兵一起过去？”巴德问道。

“因为我想咱们要先把罗林给救出来。他一定在控制单元的某个地方。等我们救了他之后，就发送个信号，这个时候A国和当地联合部队就可以进到里面，抓住那伙人了。”

一小时之后，“蓝天女王”的人就已经飞到了大西洋的上空，潜艇放在飞机货舱里一个特殊的位置，当飞机到达了崎岖不平的海岸的时候，在海面上盘旋了一会儿，将潜艇放到了水里。汤姆和巴德立刻驾驶着潜艇沉到了海里，然后静静地向深海驶去。

“就要到那个峡湾了，船长。”巴德看着雷达显示屏说道。汤姆熟练地减缓了潜艇的速度，从峡湾的狭窄入口穿了进去。

在前面一侧的位置，就停着敌人的那艘长长的黑色潜艇！两个男孩不知道自己是否会被发现，最后，汤姆安全地驾驶着潜艇从敌人潜艇的边上擦了过去，到了峡湾的边缘。

“我猜那艘潜艇里没有人。”巴德说道。

两个人找到了一个隐蔽的港湾，这个港湾周围是参差不齐的岩石，汤姆驾驶潜艇浮出水面，然后上了岸。尽管已经是深夜了，但是还可以看到太阳，在洒着微红色的光辉。

“好吧，我们居然在午夜的太阳下面。”巴德说道。

汤姆指着一个陡峭的小山峰的顶部，那里有一栋典型的木头建成的维京人的房子，房顶卷曲着向上翘着。

两个男孩开始向上爬去。他们所处的峡湾靠海位置的山坡非常陡峭，而且进入的入口非常狭窄，几乎难以发现。

“那是什么？”汤姆突然说道，他停下来仔细听着。

他们听到了一架飞机飞过来的声音，飞机飞过了峡湾附近的山峰，落在了水面上。

“那个带着蓝灯的飞机！”巴德小声说道。

两个男孩看到一个男人从这架小飞机里出来，急匆匆地沿着山坡向上面的房子走去。一会儿之后，高速飞船一号出现在了天空上面，并落在了峡湾一处转弯的位置！

“快点！”汤姆催促道，“我想知道他们要用我们这艘被偷走的飞船做什么。”

他和巴德小心翼翼地走到了一块高大岩石的后面，在那里他们可以看到飞船的降落地。很多人从飞船里涌了出来并跑向了那间房子。

“我们走！”汤姆说道，他们跟在那伙人后面走了上去。

到了这所木制的房子之后，汤姆和巴德小心地透过一扇开着的窗户向里面看。在这所房子的里面，毒龙的人都聚集在了一个有着高高屋顶的餐厅里。他们中的多数人都有着非常冷酷的眼神，但是也有一些很明显仅仅是身体强壮而已。在后者之中，有那个胳膊上有着奇怪疤痕的男子，还有那个穿着红色的皮衣，将两个男孩引到爆炸的冰岛上面的那个人。

一个高高的、看起来非常残忍的男人正在吼着。“你们这些笨蛋！”他指着那个胳膊上有着疤痕的人说道，“你没有预测到斯威夫特的飞行计划！你们每个人负责的任务都失败了！”

“我们也没办法，斯汤。”一个下巴上有赘肉的男人快速说道。

斯汤博士转向了他，说“你是最愚蠢的那个，卡舍尔，你让汤姆·斯威夫特捉到了球体。”

“我没法阻止。”

斯汤愤怒地哼了一声，说：“现在我们必须从这里撤走了，要马上到潜艇上面去。年轻的斯威夫特很有可能已经找到了单元的位置。”

他从这伙人里找了两个人，说道：“快点，马上到阁楼上面去，干掉我们的俘虏！”

“我的天！”巴德小声说道，“他说的很有可能是罗林，我们必须得先到那里！”

两个男孩爬到了房子旁边一棵树的上面，并落到了房顶上。他们跑向了一扇窗户，用脚踹碎窗户上的玻璃，进入到了房间里面，这个时候，那两个人也正好从门口闯了进来。两个男孩跑向了他们，攻其不备，用上勾拳将那两个人打倒了。

“快点！”汤姆说道，“要在其他人出现之前，把他们的腰带抽出来，把他们绑起来！”在此同时，汤姆把其中一个人的衬衫脱了下来，塞住了他们的嘴。“这样应该可以给我们足够的时间逃走了。”

罗林躺在一个角落里，身体被绑住，嘴里也被塞了东西。

“你还好吧？”两个人将罗林身上的绳子解开后，问道。

汤姆说：“是的，我没事，真高兴见到你们！谢谢啦，我们赶快走吧！”

三个人从窗户爬了出去。还没有下到山的一半，几个人就听到在他们上方传来了愤怒的叫喊。很明显他们打倒的那两个家伙被发现了！

罗林的身体有些僵硬，因此走得摇摇晃晃，几个人也只能慢慢地向下走。但是追他们的人却越来越近！最后，这几个逃跑的人跳上了潜艇，沉到了水里。

汤姆驾驶着潜艇迅速驶过了那艘敌人的黑色潜艇，远离了峡湾。巴德用无线电话通知了“蓝天女王”上面的人，让他们带着伞兵进入敌人的巢穴。

潜艇浮出了水面。罗林和两个男孩向后看去，“蓝天女王”正在那座小山和峡湾的上面盘旋着，数十个伞兵从飞机上跳了下来，落到了地面上。

“很不错啊。”巴德笑道。

一个小时之后，“蓝天女王”接到了潜艇。对敌人巢穴的清理完成了！

“成功了！”斯威夫特先生笑着说道，“我们把他们所有人都抓住了！很高兴见到你，罗林先生。当地警方从陆地上面帮助我们包围了那伙人。没有发生战斗，就抓住了他们。对了，我们还发现了地下的实验室，很明显，斯汤一直在那里进行核爆炸的实验。那里已经被拆除了，极地可以回到正常状态了。”

“斯汤和他的团伙在哪里？”汤姆问道。

“在飞机上，”他的父亲说道，“事实上，他们所犯的罪行是针对整个世界的，但是国际上还没有法庭具有处理这样案例的经验。因为他们是A国人，而且他们对斯威夫特公司和A国政府发动了直接的攻击，因此对他们的审讯将在A国进行。”

这伙人因为被抓到了而非常生气。斯汤吹嘘着他的聪明，因为他曾把经过特殊训练的间谍安插到斯威夫特公司里。

“怎么没有人在空中发现过你们的控制单元呢？”汤姆问道。

斯汤得意地笑了，他说：“我们在峡湾的位置设了特殊的瞭望台，可以发现任何靠近的飞机。而且我还制造了大气干扰，来阻止任何人的接近。”

斯汤说，他还曾在潜艇上使用远程控制，来将冰岛炸掉，汤姆和巴德差点在那里被捉到。

“罗林先生，”巴德问道，“你是怎么知道那些不寻常的密码的？”

“我回去后不久，就在那座尖塔上面的一张纸上发现了这些符号，”这个年轻人解释道。“我并不知道这些符号的意思，但是我想这些符号可能比较重要。因此，就在我从自己的房子里被抓走之前，把它画在了枕头后面的墙壁上面。啊，对了，汤姆，你可以来我们破解密码的学校。”

“不了，谢谢，”汤姆笑着说道，“我还是要把精力放在发明上面。”他不仅要全神贯注于在斯威夫特公司的工作，还要进行一次具有挑战性的冒险，即“星际幽灵”，这次冒险将再一次把他带到宇宙的无垠空间之中。

“快看，汤姆！”罗林兴奋地指着外面说道。高速飞船一号从他们身边飞了过去，上面的灯光闪烁着，向他们打着招呼。

“我派一个人去把它开了回来，连带着我被偷走的X光。”汤姆说道，“罗林先生，你想不想什么时候乘坐着加速飞船来趟星球间的旅行？我们这次的飞行没有去水星，因此会回去看一看它，并解救我的螃蟹。”

“螃蟹？”罗林问道，他很困惑。

巴德笑了，他说：“它上面有你从没见过的钳子。而且我曾经飞出去的那次，我得说——是非常超前的体验。”